Выигрышный билет

契诃夫小说选集

А. ЧЕХОВ

彩票集

〔俄〕契诃夫　著

汝龙　译

人民文学出版社

图书在版编目（CIP）数据

契诃夫小说选集.彩票集/（俄罗斯）契诃夫著；汝龙译.—北京：人民文学出版社，2021
ISBN 978-7-02-012942-3

Ⅰ.①契… Ⅱ.①契…②汝… Ⅲ.①短篇小说—小说集—俄罗斯—近代 Ⅳ.①I512.44

中国版本图书馆CIP数据核字（2017）第134347号

策划编辑　张福生
责任编辑　李丹丹
装帧设计　刘　静
责任印制　王重艺

出版发行　人民文学出版社
社　　址　北京市朝内大街166号
邮政编码　100705
网　　址　http://www.rw-cn.com

印　　刷　三河市博文印刷有限公司
经　　销　全国新华书店等

字　　数　77千字
开　　本　787毫米×1092毫米　1/32
印　　张　6.375
印　　数　1—3000
版　　次　2021年4月北京第1版
印　　次　2021年4月第1次印刷

书　　号　978-7-02-012942-3
定　　价　28.00元

如有印装质量问题，请与本社图书销售中心调换。电话：010-65233595

目　次

命名日 …………………………… 1

主教 ……………………………… 72

在路上 …………………………… 106

彩票 ……………………………… 141

黑暗 ……………………………… 152

民心骚动 ………………………… 161

谜一般的性格 …………………… 170

迷路人 …………………………… 176

报仇者 …………………………… 186

命 名 日

一

在命名日宴会上,人们吃过八道菜,谈过无数的话以后,过命名日的人的妻子奥尔迦·米海洛芙娜起身走到花园里去了。必须不住地微笑和谈话的义务、餐具的叮当声、仆人的手忙脚乱、各道菜中间的长久间歇、她为了对客人遮盖自己怀孕而穿上的紧身衣,都已经使她感到筋疲力尽。她有心走开,离那所房子远些,在阴凉的地方坐一阵,定下心来想想过两个月就要生下来的孩子。她已经养成习惯,每逢从宽广的林荫道往左拐弯,踏上狭窄的小径,那些思想就会来到她的心头。在这儿,在李树和樱桃树的浓荫下面,干枯的树枝常常搔她的肩膀和脖子,蜘蛛网粘到她脸上来,她的脑子里就会升起一个性别未定、脸容不明的小宝宝的形象,于是她开始觉得,亲切地搔她的脸和脖子的,并不是蜘蛛网,而是那个小宝宝;等到小径的尽头出现一道稀疏的篱笆,篱笆的另一边立着那些用陶土做顶的矮而宽的蜂箱,停滞不动的空气里开始发散出干草和蜂蜜的气味,人可以听到蜜蜂的柔和的嗡嗡声的时候,那个小宝宝就完全占据了奥尔迦·米海洛芙娜的心。她往往走到用细树枝编成的窝棚旁边,在一条小长凳上坐下,开始思索。

这一回她也走到小长凳那儿,坐下来,开始思索。然而在她的想象里涌现出来的却不是小宝宝,而是她刚刚离开的那些大人。她想到自己是女主人,竟丢下客人走开,不免心慌意乱;她还想起在宴会上她丈夫彼得·德米特利奇和她叔叔尼古拉·尼古拉伊奇为陪审制度,为出版问题,为妇女教育问题发生争论;她丈夫争论,照例是想在客人们面前炫耀他的保守思想,不过主要的却是因为他不喜欢她的叔叔,偏要跟他闹别扭。她的叔叔呢,反驳他,对他说的每句话都要挑毛病,为的是向出席这个宴会的人表明他尼古拉·尼古拉伊奇虽然已经五十九岁,却还保持着青春的朝气和自由思想。至于她奥尔迦·米海洛芙娜自己,她在宴会到了尾声的时候终于忍耐不住,开始笨嘴笨舌地为妇女接受高等教育问题辩护,倒不是因为妇女受高等教育需要加以辩护,只是因为依她看来她的丈夫不公平,她有意气一气他罢了。客人们对这种争论感到厌倦,不过他们又都认为有必要插嘴,说上很多话,其实他们全都根本不关心什么陪审制度,什么妇女教育。……

奥尔迦·米海洛芙娜坐在篱笆的这一边,靠近窝棚的地方。太阳藏到云层里面去了,树木和空气现出下雨前那种阴郁的神态,不过天气仍然又热又闷。那些在圣彼得节前夕在各处树木下面割下的干草,还没有收集拢来,现出凄凉的样子,点缀着凋萎的花朵,冒出浓重的甜腻的气味。四下里静悄悄的。篱笆的那一边有些蜜蜂在单调地嗡嗡叫。……

突然间,传来了脚步声和说话声。有人顺着小径走到养蜂场这边来了。

"天真闷热啊!"一个女人的声音说,"您觉得怎么样,会不会下雨?"

"会下雨的,我的美人儿,不过要到夜里才会下,"一个很耳熟的男人声音懒洋洋地回答说,"会下一场大雨哩。"

奥尔迦·米海洛芙娜思量,要是她赶紧躲到窝棚里去,人家就不会发现她,照直走过去,她也就不必讲话,不必勉强做出笑脸了。她提起连衣裙,弯下腰,钻进那个窝棚。可是马上就有一股又热又闷像蒸气般的空气直扑到她的脸上,脖子上,胳膊上。要不是这儿闷热,要不是黑麦、茴香、细树枝的浓重气味弄得人透不出气来,那么这儿,在草顶底下,在黑暗里,倒很可以躲开客人,想一想她的小宝宝。这儿又舒服又安静。

"这个地方多好啊!"一个女人的声音说,"我们就在这儿坐会儿吧,彼得·德米特利奇。"

奥尔迦·米海洛芙娜开始从两根干枝的缝隙里往外看。她瞧见她丈夫彼得·德米特利奇和客人柳包琪卡·谢列尔,她是个十七岁的姑娘,不久以前刚在贵族女子中学毕业。彼得·德米特利奇把帽子推到后脑壳上,懒洋洋,没精神,因为他在宴席上喝了很多酒。他在篱笆旁边摇摇摆摆地走着,用脚把干草拨成一堆。柳包琪卡呢,热得脸色绯红,像往常那样漂亮,站在那儿,倒背着手,瞅着他魁梧漂亮的身体的懒散动作。

奥尔迦·米海洛芙娜知道女人们喜欢她的丈夫,她不喜欢看见他跟她们待在一块儿。彼得·德米特利奇用脚把干草拨在一块儿,好跟柳包琪卡坐在草堆上闲谈一阵,这件事本来没有什么蹊跷的地方,至于漂亮的柳包琪卡温柔地瞅着他,那也不奇怪,然而奥尔迦·

米海洛芙娜仍旧恼恨她的丈夫。她想到她马上可以偷听他们所说的话,不由得又怕又喜。

"您坐下,迷人的姑娘,"彼得·德米特利奇在干草上坐下,伸个懒腰说,"这样挺好。哦,您给我讲点什么吧。"

"谁高兴讲!我一讲不要紧,您可就睡着了。"

"我睡着?皇天在上!有这样一对俏眼睛瞧着我,我还睡得着吗?"

她丈夫的这些话,他在客人面前半躺半坐,把帽子推到脑后去的神态,也没有什么蹊跷的地方。他已经被女人们宠坏,知道她们喜欢他,所以每逢跟她们周旋,他惯于用一种特别的口气讲话,而且据大家说,这种口气跟他倒很相配呢。他对待柳包琪卡也跟对待别的女人一样。然而奥尔迦·米海洛芙娜还是有醋意了。

"劳驾,您告诉我,"柳包琪卡沉默了一会儿,开口说,"人家讲您被人控告,就要受审了,这是真的吗?"

彩票集

"我吗?对,我就要受审了。……我的美人儿,我已经编进坏人的队伍里去了。"

"那么,为了什么事呢?"

"不为什么,只是……这主要是个政治问题,"彼得·德米特利奇打个哈欠说,"左派和右派的斗争。我这个蒙昧主义者和墨守成规者在一份公文里斗胆用了一个字眼,而那个字眼在我们的区调解法官库兹玛·格利果利耶维奇·沃斯特里亚科夫和符拉季米尔·巴甫洛维奇·符拉季米罗夫这一类圣洁的格莱斯顿①看来却带有侮辱性。"

彼得·德米特利奇又打个哈欠,接着说:

"我们这儿有个规矩:您尽可以用不赞成的态度评论太阳,评论月亮,爱评论什么就评论什么,可是求上帝保佑,千万别碰自由主义者!求上帝保佑,这种事干不得!自由主义者好比那些糟透了的干菌子,要是

---

① 格莱斯顿(1809—1898),英国首相,自由党领袖,在此借喻政治家。

您无意间用手指头碰它一下,它就往您身上撒下一股灰尘的烟雾。"

"您出了什么事呢?"

"没有什么大不了的。这场风波完全是由一件小到无可再小的小事引起的。有那么一位教员,是个僧侣家庭出身的讨厌家伙,他向沃斯特里亚科夫递了一份状子,控告饭铺老板,说那老板在公共场合用话语和行动侮辱他。从种种迹象可以看出当时教员和饭铺老板都醉得一塌糊涂,他们两人的举动都一样恶劣。如果有过侮辱的话,无论如何也是彼此都有份的。沃斯特里亚科夫应该判他们犯了破坏治安罪,叫他们两人各出一笔罚金,把他们赶出法庭了事。然而我们这儿是怎么办事的呢?在我们这儿,最重要的并不是人,也不是事实,而是招牌和头衔。一位教员,不管是什么样的坏蛋,总归是对的,因为他是教员。饭铺老板可就永远有罪了,因为他是饭铺老板和盘剥取利的人。沃斯特里亚科夫判处饭铺老板坐牢,饭铺老板就上诉到会审法庭去。会审法庭庄严地批准了沃斯特里亚科夫的判决。我呢,坚持我个人的见解。……我有点冒火。……就是这么回事。"

彼得·德米特利奇平心静气地讲着,显出满不在乎的讥诮态度。实际上,这件近在眼前就要受审的事害得他心里七上八下。奥尔迦·米海洛芙娜想起那回他从倒霉的会审法庭回来,一直竭力瞒住家里人,不让他们知道他心头沉重,不满意自己。他是聪明人,因而不能不感到他表白见解的时候做得太过分了。他为了对自己和别人掩饰这种心情,不得不说多少谎话啊!有过多少不必要的谈话,发过多少回牢骚,对那件并不可笑的事发出过多少不诚恳的笑声啊!后来他知道他要受审,就忽然泄了气,心灰意懒,睡不好觉,比平时更多地站在窗前,用手指叩击窗上的玻璃。他不好意思对他妻子承认他心头沉重,这反而惹得她不痛快。……

"听说您到波尔塔瓦省去了一趟?"柳包琪卡问。

"是的，我去过一趟，"彼得·德米特利奇回答说，"前天我才从那儿回来。"

"那儿大概挺好吧？"

"挺好。简直好得很。应当对您说明一下，我到那儿去，正赶上割草的季节。在乌克兰，割草的季节正是最富于诗意的时光。在这儿，我们有大房子，有大花园，有许多人和烦琐的事，所以您不会注意到割草。在此地，一切事情都不知不觉地过去了。那边呢，我的农庄上有五十俄亩草场，平平坦坦，像我的手掌一样。无论您站在哪个窗口，到处都可以看见割草的人。他们在草场上割草，在花园里割草，一个客人也没有，什么杂事也没有，因此不管您愿意不愿意，您所看见的，听见的，感觉到的，只有割草这件事。院子里和房间里弥漫着干草的气味，从日出到日落，镰刀的叮当声不住地响。总之，乌克兰是个可爱的地方。信不信由您，每逢我在安着吊杆的水井旁边喝水，在犹太人的小酒店里喝淡而无味的白酒，每逢在安静的黄昏听到乌克兰的提琴和铃鼓的乐声,就会有一种迷人的想法诱惑我:索性就在我的农庄上长住下去吧,爱住多久就住多久,远远地躲开会审法庭、聪明的谈话、爱发议论的女人、长时间的宴会。……"

彼得·德米特利奇没有说谎。他心头沉重,确实打算休息一下。他到波尔塔瓦省去纯粹是想避免看见自己的书房、仆人、熟人以及种种促使他想起他受伤的自尊心和他的错误的事物。

柳包琪卡忽然跳起来,害怕地摇晃胳膊。

"哎呀,蜜蜂,蜜蜂!"她尖叫道,"它蜇人!"

"得了,它不会蜇您!"彼得·德米特利奇说,"您的胆子多么小!"

"不,不,不!"柳包琪卡叫道,回过头去从肩膀上看一眼蜜蜂,赶快往回走。

彼得·德米特利奇跟着她走去,带着温情和忧郁的神态瞧她的后影。大概,他瞧着她,心里想着他的农庄,想着离群索居,而且,谁知道呢? 也许他甚至想:如果他的妻子就是这个姑娘,年轻,纯洁,生气勃勃,没有受过高等教育的熏染,也没有怀孕,那么在农庄里生活下去会多么温暖而舒服啊。……

等到说话声和脚步声消失,奥尔迦·米海洛芙娜才从窝棚里走出来,往正房走去。她想哭。她已经由于嫉妒而十分恼恨她丈夫了。她心里明白,彼得·德米特利奇疲乏,不满意自己,羞愧,人在羞愧的时候总是首先躲着亲近的人,却对外人吐露衷曲,她也明白柳包琪卡不是一个危险的女人,所有那些在正房里喝咖啡的女人也都没有什么危险。然而总的说来,一切又都难于理解,可怕,奥尔迦·米海洛芙娜觉得彼得·德米特利奇好像已经有一半不属于她了。……

"他没有权利这样做!"她喃喃地说,极力要了解她的嫉妒和对丈夫的恼恨,"他没有任何权利这样做!我要马上把话都对他说穿!"

她决定马上去找她的丈夫,对他和盘托出,说别的女人们喜欢他,而且他自己也极力招引她们喜欢,把她们的倾心看成天赐的甘霖,这太卑鄙了,简直卑鄙之至。他把按权利来说应当属于他妻子的东西献给外人,他把自己的灵魂和良心瞒住妻子,却在随便哪个长着漂亮脸蛋的女人面前敞开胸怀,这是不公平和不正直的。他妻子做了什么对不起他的事?她有什么错处呢?最后,他那种做假早已惹得她厌烦:他经常装腔作势,卖弄聪明,嘴里说的跟心里想的不一样,极力装得跟他的本来面目不同,跟他应有的面目不同。何必这样做假呢?莫非一个正派的人不妨做假?如果他做假,他就既侮辱了自己,又侮辱了对方,而且对他所说的那件事也不尊重。难道他不明白,如果他在法庭上卖弄聪明,装模作样,或者只是为了惹恼她的叔叔,在宴会上谈论政府的特权,他这样做无异于把法院,把自己,把那些听他讲话和瞧着他的人都看得一文也不值?

奥尔迦·米海洛芙娜走到宽阔的林荫路上,极力装出一副神情,仿佛她刚才离席是为了要料理家务。男客们正在露台上喝蜜酒,吃草莓果,其中有个法院的侦讯官,是个上了岁数的胖子,好打趣,爱说俏皮话,这时候多半在讲有伤风化的故事,因为他一见女主人,就突然合拢两片肥嘴唇,瞪大眼睛,坐下了。奥尔迦·米海洛芙娜不喜欢本县的文官们,她也不喜欢他们那些笨拙而拘谨的妻子。他们喜欢造谣,常常到这儿来做客,虽然心里恨她的丈夫,见着他却又向他献媚。如今他们在喝酒,他们吃饱了肚子却不打算离去,她觉得他们这样待着不走,简直使人厌倦到了难受的地步。可是她为了避免显得没有礼貌,就向侦讯官殷勤地微微一笑,还对他摇一下手指头。她穿过大厅和客厅,做出笑脸,装着她是去交代一件事,安排一件事的样子。"求上帝保佑,千万不要有人拦住我才好!"她想。然而她不得不在客厅里站住,出于礼貌听一个年轻人坐在钢琴旁边弹琴。她站了一会儿,喝彩道:"太好了,太好了,乔治先生!"她又拍两下手,再往前走。

她在书房里找到了她的丈夫。他正坐在桌旁想心事。他的脸上现出严厉、沉思、惭愧的神色。这个人不再是在宴会上争论不已而且为客人们所熟悉的彼得·德米特利奇,却成了另外一个彼得·德米特利奇,疲乏,惭愧,不满意自己,这副模样只有他妻子才见得到。他到书房来多半是为了取纸烟。他面前放着一个打开的烟盒,里面装满纸烟。他的一只手伸在书桌的抽屉里。他拿纸烟的时候怔住了。

奥尔迦·米海洛芙娜不由得怜惜他。事情很清楚:这个人在受苦,心情不安,也许在跟自己斗争吧。奥尔迦·米海洛芙娜默默地走到桌子跟前,她想表示她已经不记得宴会上的争论,不再生气,就关上他的烟盒,把它放在她丈夫上衣的侧面口袋里。

"该跟他说什么呢?"她想,"我要对他说,做假好比走进树林,越往里走就越难退出来。我要说,'你热衷于扮演你那虚伪的角色,已经扮演得过火了;你侮辱了那些本来喜爱你、没有对你做过什么坏事的人。你去给他们赔个罪,嘲笑自己一番吧,那样你才会觉得轻松一点。要是你希望清静,打算离群索居,那我们就一块儿离开此地吧。'"

彼得·德米特利奇一碰到他妻子的眼光,他的脸就突然现出方才在宴会上和在花园里的那种神情:满不在乎,微微带点讥讽。他打个哈欠,站起来。

"现在五点多了,"他看一眼钟说,"要是客人们大发慈悲,十一点钟告辞,那我们也还有六个钟头要等哩。不用说,这可是件快活事!"

他吹起口哨,迈开平素那种庄重的步子,慢腾腾地走出房外去了。她听见他庄重地走着,穿过大厅,然后穿过客厅,不知为什么事庄重地笑了几声,对弹钢琴的年轻人说:"好极了!好极了!"不久他的脚步声就沉寂,大概他走进花园去了。这时候奥尔迦·米海洛芙娜心里的感受已经不是嫉妒,也不是懊恼,而是真正痛恨他的脚步声、他那不诚恳的笑声、他的说话声了。她走到窗前,朝花园里望。彼得·德米特利奇正在林荫路上走动。他一只手放在衣袋里,另一只手打着榧子,脑袋微微往后仰着,庄重地往前走去,大摇大摆,看他的神态仿佛他很满意自己,满意这个宴会,满意他的消化能力,满意大自然似的。……

林荫路上出现了两个矮小的中学生,他们是女地主契热甫斯卡雅的孩子,刚刚来到此地,另外有一个大学生,是他们的家庭教师,陪他们一块儿来的。他穿着白色上衣和很瘦的裤子。两个孩子和大学生走到彼得·德米特利奇面前,就站定下来,大概在祝贺他的命名日。他呢,潇洒地耸动肩膀,拍了拍两个孩子的脸蛋,随随便便向大学生伸出一只手,眼睛却没看他。大学生多半在称赞这儿的天气,拿它跟彼得堡的天气相比较,因为彼得·德米特利奇大声说话,他的口气好像不是跟客人讲话,而是对民事执行吏或者证人发话似的:

"什么?你们彼得堡的天气冷?可是我们这儿,老弟,却有清爽的空气和成果丰硕的土地。啊?什么?"

然后,他一只手放进衣袋里,另一只手的手指打着榧子,举步往前走去。在他走进低矮的榛树林以前,奥尔迦·米海洛芙娜一直瞧着他的后脑壳,心里大感不解。这个三十四岁的人是从哪儿学来这种将军般的庄重步态的?他从哪儿学来了这种严厉的优美风度?他从哪儿学来了用这种上司般的颤动音调讲话?这些"什么"啦,"嗯,是啊"啦,"老弟"啦,都是从哪儿来的?

奥尔迦·米海洛芙娜想起,新婚的头几个月她怕一个人待在家里闷得慌,常常坐车进城到会审法庭去。在会审法庭上,彼得·德米特利奇有时候代替她的教父阿历克塞·彼得罗维奇伯爵担任审判长。他一坐在审判长的圈椅上,穿着制服,胸前佩着链子,就完全变了样。威严的姿态,洪亮的嗓音,"什么","嗯,是啊",满不在乎的口气……凡是奥尔迦·米海洛芙娜平时在家里常看到的他原有的那些合乎人情的特征,都化成了威严。在那把圈椅上坐着的已经不是彼得·德米特利奇,而是大家称之为审判长先生的另一个人了。大权在握的感觉,不容他平心静气地坐着,他总是找机会摇铃,严厉地瞅着旁听的人,大声叫嚷。……有的时候,他忽然变得看不清,听不明,威严地皱起眉头,要求人家说话大声些,往桌子这边靠近些,试问他这种近视和耳聋到底是怎么回事?他站在威严的高处,变得看不清人的脸,听不明人的声音,那么这时候即使奥尔迦·米海洛芙娜本人走到他跟前,他大概也会对她吆喝一声:"您姓什么?"他对农民身份的证人讲起话来一律称呼"你",对旁听者大嚷大叫,声音响得连街上都听得见,至于他对待律师的态度,那简直不像话。如果有个律师发言,彼得·德米特利奇就对他侧着身子坐定,眯细眼睛瞧天花板,借此表明这个律师根本是个多余的人,他不承认这个律师,也不想听他讲话。假如讲话的是一个装束寒酸的私人律师,彼得·德米特利奇就全神贯注地听他讲,用讥讽的、逼人的目光打量他,意思是说:嘿,现在居然有这样的律师!"您这话是什么意思?"他往往打断那个律师的话说。如果有一个喜欢掉文的律师使用外来语,例如把"虚构"念成

"喜构",彼得·德米特利奇就会突然活跃起来,问道:"什么?怎么?喜构?这是什么意思?"然后他就用教训的口气说:"不要讲那些您不理解的词。"临到律师发言完毕,离开桌子,满脸通红,一身是汗,彼得·德米特利奇却往圈椅背上一靠,得意洋洋地微笑,为胜利而高兴。在对待律师的态度方面,他有点模仿阿历克塞·彼得罗维奇伯爵,不过,比方说,伯爵讲到"辩护人,请您少说几句吧"的时候,这话带着老年人的好意,显得自然,可是从彼得·德米特利奇嘴里说出来,就变得粗暴而且生硬了。

二

响起一阵鼓掌声。那个年轻人弹完钢琴了。奥尔迦·米海洛芙娜想起客人们,就赶紧走进客厅。

"您弹得真好,我都听得出神了,"她走到钢琴那儿说,"我都听得出神了。您有惊人的才能!不过,您觉得我们这架钢琴的声音有点不准吗?"

这时候,两个中学生和陪着他们来的大学生走进客厅来。

"我的上帝啊,是米嘉和柯里亚吗?"奥尔迦·米海洛芙娜迎着他们走过去,拖着长音高兴地说,"你们长得好大哟!简直认不出你们了!你们的妈妈呢?"

"我祝贺你们的命名日,"大学生随口说,"祝你们万事如意。叶卡捷琳娜·安德烈耶芙娜祝贺你们,并且向你们致歉。她身体不大好。"

"她多么不应该!我等她一整天了。那么您早就从彼得堡回来了?"奥尔迦·米海洛芙娜问大学生,"现在那边天气怎样?"可是她没等回答,又亲热地朝两个中学生看了一眼,重说一遍:"他们长得好大哟!当初他们跟奶奶一块儿到这儿来好像还是不久以前的事,如今却做了中学生了!老的越来越老,年轻的都长大了。……你们吃过午饭没有?"

"哦,您别费心了,劳驾!"大学生说。

"你们一定没吃过午饭吧?"

"看在上帝分上,您别费心了!"

"不过你们一定饿了?"奥尔迦·米海洛芙娜用粗鲁生硬的声调问,口气里带着焦躁和烦恼,这是她无意中流露出来的,她立刻咳嗽了一声,做出笑容,脸红了,"他们长得好大哟!"她温柔地说。

"您别费心了,劳驾!"大学生又说一遍。

大学生要求她不必费心,两个孩子却沉默着。显然,三个人都想吃东西。奥尔迦·米海洛芙娜就把他们领进饭厅,吩咐瓦西里开饭。

"你们的妈妈可不应该!"她让他们坐下,说道,"她把我完全忘了。她不好,不好,不好。……你们就这么对她说。那么您读的是哪一系?"她问大学生。

"医学系。"

"哦,您猜怎么样,我正好喜欢大夫。我很惋惜我的丈夫不是大夫。不过,比方说,要动手术或者解剖死尸,那得有多么大的勇气啊!太可怕了!您不怕?换了我,大概会吓死的。那么您一定喝白酒吧?"

"您别费心了,劳驾。"

"一路辛苦,应该喝一点,这是应该的。我是女人,不过有时候我也喝酒。米嘉和柯里亚也可以喝一点。这葡萄酒很淡,不用担心。说真的,他们长成多么漂亮的小伙子了!简直可以娶媳妇了。"

奥尔迦·米海洛芙娜说个不停。她凭经验知道,在招待客人的时候,自己说话比听别人说话要省力得多,方便得多。自己讲话,就不必集中注意力考虑如何回答问题,变换脸上的表情了。然而她无意中提出一个严肃的问题,大学生就开始冗长地回答,她只得听他讲下去。大学生知道她以前受过高等教育,因此对待她的态度极力显得严肃。

"您读哪一系?"她问,忘记这个问题她已经提过一次了。

"医学系。"

奥尔迦·米海洛芙娜想起她已经很久没有去陪那些太太和小姐了。

"真的吗？这样说来,您日后要做大夫了?"她说,站起来,"这很好。我悔恨我自己没有学医。那么,诸位先生,你们在这儿吃饭,然后到花园里去走走。我给你们介绍几位小姐认识一下。"

她走出去,看一眼钟,刚到五点五十五分。她暗暗吃惊,时间竟走得这么慢。她心想,还要过六个钟头才会到午夜客人们走散的时候,不由得心里害怕。怎样打发这六个钟头呢？说些什么话呢？怎样对待她的丈夫呢？

客厅里和露台上一个人也没有。所有的客人都分散在花园里了。

"我得邀他们在喝茶前到桦树林里去散散步,或者划划船,"奥尔迦·米海洛芙娜暗想,匆匆地往玩槌球的场地走去,那儿正传来说话声和欢笑声,"我得邀老人们玩文特。……"

听差格利果利拿着空瓶子从槌球场那边向她迎面走来。

"太太们都在哪儿?"她问。

"在马林果树丛那边。老爷也在那儿。"

"哎,我的上帝啊!"槌球场上有人激烈地叫道,"这话我已经对您说过一千回了!要想了解保加利亚人,就得亲眼看见他们!不能凭报纸来判断!"

要么是由于这种嚷叫,要么是由于别的什么原因,总之,奥尔迦·米海洛芙娜突然感到周身十分衰弱,特别是两条腿和两个肩膀。她忽然想不再说话,不再听声,不再动弹了。

"格利果利,"她懒洋洋地勉强说道,"等一会儿您伺候客人喝茶,或者干别的事的时候,请您务必不要来找我,也不要来问我什么,说什么。……样样事情您自己做主好了,而且……而且脚步声也不要太响。我求求您。……我受不了,因为……"

她没有讲完,就往槌球场走去,可是半路上想起那些太太,就又拐弯往马林果树丛走去。天空、空气、树木仍旧露出阴郁的样子,说明不久就要下雨了。天气又热又闷。大群的乌鸦预感到要变天,就在花园上空飞来飞去,呱呱地叫。林荫路越是接近菜园,就变得越是荒凉,幽暗,狭窄。有一条小径埋藏在野梨树、酢浆草、小橡树、忽布等茂密的丛林里,在这条路上奥尔迦·米海洛芙娜被一群小黑蚊子围住了。她用手蒙住脸,极力想象她的小宝宝。……在她的想象里,掠过格利果利、米嘉、柯里亚,今天早晨到此地来祝贺命名日的农民们的脸。……

这时候响起一个人的脚步声,她睁开眼睛。原来她的叔叔尼古拉·尼古拉伊奇很快地向她迎面走来。

"是你吗,亲爱的?很高兴……"他喘吁吁地开口说,"我有几句话要对你说。……"他用手绢擦着胡子剃光的红下巴,随后忽然倒退一步,把两只手一拍,瞪起眼睛,"亲爱的,这种局面要弄到什么时候为止?"他喘着气,很快地说,"我问你:到底有没有个限度?姑

彩票集

且不谈他那种杰席莫尔达①式的见解对他四周的人产生道德败坏的影响,也不谈他侮辱我心里以及每个正直而有思想的人心里的一切神圣优美的东西,这都不去谈它,可是他总该有点礼貌嘛! 这是怎么回事? 他叫嚷,咆哮,装腔作势,硬要装成波拿巴②的样子,不容人说一句话……鬼才知道他是怎么回事! 他那样儿多么神气,笑声多么像将军,口气多么高傲! 可是容我问您一声:他到底是个什么人物? 无非是个靠妻子过活的丈夫,只有几亩薄田的九等文官,多亏娶了个阔小姐才沾到了光! 无非是暴发户,容克地主罢了,这种人多的是! 简直是谢德林笔下的人物! 我敢当着上帝发誓,事情不外乎下面两种情形:要么他害着自大狂,要么那只年老昏聩的耗子阿历克塞·彼得罗维奇伯爵说得对:如今的孩子和年轻人成熟得晚,他们时而扮演马

---

① 果戈理的喜剧《钦差大臣》中一个粗暴的警察。——俄文本编者注
② 指拿破仑。

车夫,时而扮演将军,照这样一直要扮演到四十岁才算完!"

"这是实在的,这是实在的……"奥尔迦·米海洛芙娜同意道,"您让我走过去。"

"现在你想想看,这会弄到什么下场?"她叔叔拦住她的去路,继续说,"这种扮演保守派和扮演将军的游戏会怎样结束?他已经被人告了一状!要受审了!我倒很高兴!他嚷来嚷去,闹来闹去,结果坐上被告席了事。并且不是地方法院或者别的什么法院,而是高等法院!看起来,比这再糟的事连想都没法想象!其次,他跟所有的人都闹翻了!今天是他的命名日,可是你看,沃斯特里亚利夫没来,亚洪托夫没来,符拉季米罗夫没来,谢伏德没来,伯爵没来。……论保守,看起来,阿历克塞·彼得罗维奇算是到顶了,可是就连他也没来!而且以后他再也不会来了!你瞧着就是,他不会来了!"

"哎,我的上帝啊,这跟我有什么相干?"奥尔迦·

米海洛芙娜问道。

"怎么会不相干？你是他妻子！你聪明，读过高等学校，你本来有力量使他成为一个诚实的工作者嘛！"

"在高等学校，人家并没教我怎样感化难于相处的人。看起来，我得为我念过高等学校而向你们大家道歉才是！"奥尔迦·米海洛芙娜尖刻地说，"你听我说，叔叔，要是有人成天价在你耳朵旁边老是弹一个调子，你就会坐不住，逃之夭夭。我呢，已经有整整一年成天价听这种老套头了。主啊，人总该有点怜悯心才对！"

她的叔叔做出很严肃的脸相，然后寻根究底地瞧着她，撇着嘴露出讥诮的笑容。

"原来是这么回事！"他用老太婆的声调唱歌般地说，"对不起，太太！"他说着，彬彬有礼地一鞠躬，"既然你自己都已经受他的影响，背叛了信念，那就该早点说出来才是。对不起，太太！"

"对，我背叛了信念！"她嚷道，"你自管得意好了！"

"对不起，太太！"

她叔叔最后一次彬彬有礼地鞠躬，不过这一回他把身子偏向一边，然后缩起脖子，把两个鞋跟一碰，行了个礼，往回走去。

"蠢货，"奥尔迦·米海洛芙娜暗想，"他该回家才对。"

她在菜园的马林果树丛里找到太太们和青年男女们。有的人在吃马林果，有的人吃腻了，在草莓的苗床那边徘徊，或者在甜豌豆地里挖土。离马林果树丛旁边不远，有一棵枝叶茂密的苹果树，四周用木棍支撑着，木棍是从一道旧栅栏上拔下来的。彼得·德米特利奇正在这棵树附近割草。他的头发披在额头上，领结松开，表链从纽扣眼里掉出来。他每走一步路，每挥舞一下镰刀，都显出他擅长干活，而且气力很大。他身旁站着柳包琪卡和邻居布克烈耶夫上校的女儿娜达丽雅和瓦连契娜,或者照大家对她们的称呼,娜达和瓦达,这两个姑娘都贫血,身子很胖,带着病态,生着淡黄色头发,年纪十六七岁,穿着白色连衣裙,彼此非常相像。彼得·德米特利奇在教她们割草。

"这很简单……"他说,"只要会拿镰刀,别着急就成,那就是说不要过分用力。瞧,照这样。……您现在要试一下吗?"他说着,把镰刀递给柳包琪卡,"动手吧!"

柳包琪卡笨拙地用手握住镰刀,忽然脸红了,笑起来。

"您不要胆怯,柳包芙①·亚历山德罗芙娜!"奥尔迦·米海洛芙娜喊得很响,好让所有的太太小姐们都知道她跟她们在一块儿,"别胆怯!这得学!万一您嫁给一个托尔斯泰主义者,那他就要硬逼您割草了。"

柳包琪卡举起镰刀,可是又笑起来,而且笑得没了

---

① 上文柳包琪卡是柳包芙的小名。

力气,立刻把镰刀放下了。她又害臊又愉快,因为人家对她说话的口气把她当作大人了。娜达却没有笑意,也不胆怯,带着严肃而冷静的面容拿起镰刀一挥,却把镰刀抡进草丛里去了。瓦达也不露笑意,跟她姐姐一样严肃而冷静,默默地拿起镰刀来,一刀砍进了土里。两姐妹做完这件事,就挽起胳膊,默默地往马林果树丛那边走去。

彼得·德米特利奇笑啊玩的,像是个小孩子。这种孩子般的淘气心情对他说来是再合适不过了,他在这种时候往往变得非常和善。奥尔迦·米海洛芙娜喜欢他这样。不过他这种孩子气照例维持不久。这一次也一样,他拿镰刀玩了一阵,不知什么缘故,觉得有必要为他的游戏增添一点严肃的色彩了。

"您要知道,每逢我割草,我总是感到健康多了,也正常多了,"他说,"如果我只能过脑力劳动的生活,那我大概会发疯的。我总觉得我不是天生做文化人的!我应该割草,耕地,播种,赶马车才对。……"

于是彼得·德米特利奇开始跟那些女人谈体力劳动的优点,谈文化,然后谈金钱的害处,谈财产。奥尔迦·米海洛芙娜听她丈夫发议论,不知什么缘故想起了自己的陪嫁。

"总有一天,"她暗想,"他会不原谅我,因为我比他阔。他骄傲,爱面子。说不定他会恨我,因为他沾了我很多的光。"

她站在布克烈耶夫上校身旁,上校在吃马林果,也在参加谈话。

"请到这边来,"他说着,给奥尔迦·米海洛芙娜和彼得·德米特利奇让出路来,"这儿的果子最熟。……那么,照蒲鲁东①的看法,"他提高声音接着说,"财产是盗窃。不过我,老实说,不赞同蒲鲁东的见解,也不认为他是哲学家。法国人在我心目中可算

---

① 蒲鲁东(1809—1865),法国小资产阶级经济学家和社会学家,无政府主义奠基人之一。他在《什么是财产》一书中从小资产阶级立场来批评资本主义社会。

不得权威,去他们的吧!"

"哎,关于蒲鲁东和各式各样的保克耳①,我是不懂行的,"彼得·德米特利奇说,"关于哲学您得找她谈,找我的妻子谈。她进过高等学校,对叔本华和蒲鲁东之流了解得很透彻。……"

奥尔迦·米海洛芙娜又觉得乏味了。她又在花园小径上走来走去,两旁是苹果树和梨树。她脸上又现出仿佛要去办一件很要紧的事的神情。后来她走到花匠的小屋那儿。……小屋门口坐着花匠的妻子瓦尔瓦拉和她的四个小孩,那些孩子都生着大脑袋,剃了光头。瓦尔瓦拉也怀着孕,依她计算,大概在先知以利亚节②之前就要分娩。奥尔迦·米海洛芙娜跟她打过招呼后,默默地打量她和她的孩子们,问道:

"哦,你觉得怎么样?"

"没什么。……"

---

① 保克耳(1821—1862),英国历史学家,实证论社会学家。
② 以利亚节在旧俄历7月20日。

紧跟着是沉默。两个女人似乎不用说话就已经互相了解了。

"头一回生孩子才可怕,"奥尔迦·米海洛芙娜想了想,说,"我老是觉得我好像会过不了这一关,会死掉。"

"从前我也这么觉得,可是你瞧,我还是活下来了。……不要紧的!"

瓦尔瓦拉已经第五次怀孕,富有经验了,有点居高临下地看她的女主人,用教训的口气跟她说话,奥尔迦·米海洛芙娜也不由自主地感到她的权威。她想谈谈自己的恐惧,谈谈孩子,谈谈她的心情,然而她又担心这在瓦尔瓦拉看来会显得浅薄,幼稚。她就不开口,等着瓦尔瓦拉自己说话。

"奥丽雅①,我们回正房去吧!"彼得·德米特利奇在马林果树丛里叫道。

---

① 奥尔迦的爱称。

奥尔迦·米海洛芙娜很想保持沉默,等着,瞧着瓦尔瓦拉。她情愿照这样一句话也不说,毫无必要地在这儿站下去,一直站到深夜也行。可是她又不得不走。她刚刚离开小屋,柳包琪卡、瓦达、娜达就向她迎面跑来。两姐妹并没跑到她跟前,相距还有一俄丈远就一下子停住脚,仿佛生了根似的。可是柳包琪卡却一直跑到她面前,搂住她的脖子。

"亲爱的!好人!宝贝!"她吻她的脸和脖子,不住地说,"我们一块儿到岛上去喝茶吧!"

"到岛上去!到岛上去!"长得一模一样的两姐妹瓦达和娜达异口同声地说,脸上不带笑容。

"不过天要下雨了,我亲爱的。"

"不会,不会!"柳包琪卡叫道,做出一脸的哭相,"大家都赞成去!亲爱的,好人!"

"那边的人都打算到岛上去喝茶,"彼得·德米特利奇走过来说,"你先去布置一下。……我们大家坐小船去,茶炊和别的东西得叫仆人坐着马车送去。"

他跟他的妻子并排走着,挽住她的胳膊。奥尔迦·米海洛芙娜很想对她丈夫说几句不中听的挖苦话,甚至想提一提她的陪嫁,总之越刻薄越好。她想了想,就说:

"为什么阿历克塞·彼得罗维奇伯爵没有来?多么可惜啊!"

"他不来,我倒很高兴,"彼得·德米特利奇说谎道,"这个疯子惹得我厌烦了,比辣萝卜还讨厌。"

"可是你吃饭前还一直着急地盼他来呢!"

三

过了半个钟头,所有的客人都拥到岸边系着几条小船的木桩旁边。大家纷纷讲话,发笑,由于过分忙乱而没法在小船上坐定。有三条小船已经装满乘客,还有两条小船空着停在那儿。这两条小船的钥匙却不知放在哪儿,他们不停地派人从河边回院子里去找钥匙。

有人说钥匙在格利果利手里,有人说在管家那儿,还有人出主意,说把铁匠找来砸开这些锁算了。大家七嘴八舌,互相打岔,都想压过别人的说话声。彼得·德米特利奇在河岸上不耐烦地走来走去,嚷道:

"鬼才知道这是怎么回事!钥匙应该永远放在前厅的窗台上才对!谁自说自话把它们拿走了?管家要用船的话,尽可以坐他自己那条船嘛!"

最后钥匙总算找到了。不料大家又发现缺少两副船桨。于是又惹起一场风波。彼得·德米特利奇已经走得厌烦了,索性跳上一条又窄又长的独木舟,那是用一棵杨树凿成的。他身子摇晃了一下,差点掉进水里,然后独木舟就离岸了。别的小船在小姐们响亮的欢笑声和尖叫声中,也相继随着独木舟漂走了。

洁白的云天,岸边的树木、芦苇,装满人和划动桨的小船,都倒映在镜子般的水面上;小船下面,远远地在河水深处,在无底的深渊里,又有一个天空和飞翔的鸟雀。庄园所在的河岸又高又陡,栽满树木;对面的河岸并不高陡,而是一片发绿的、浸水的宽广草地,有些水洼在发亮。小船游出五十俄丈以外去了,在旁边不陡的河岸上,从忧郁地低垂着枝条的柳树后面,露出来一些农舍和牛群,传来了歌声、醉醺醺的喊叫声、手风琴声。

河面上,这儿那儿,点缀着捕鱼者的小船,正在撒下夜间捕鱼的滚网。有一条小船上,坐着几个带点醉意的业余音乐家,在拉他们自己做的小提琴和大提琴。

奥尔迦·米海洛芙娜坐在船舵旁边。她露出有礼貌的笑容,为应酬客人而说了许多话,同时斜起眼睛瞧着她的丈夫。他乘坐那条驶在所有的小船前面的独木舟,站在船上划着一根桨。这是一条尖头的、轻便的独木舟,所有的客人都叫它"划子",唯独彼得·德米特利奇不知什么缘故却称之为"片杰拉克里亚"。它驶得很快,带着灵活而阴险的模样,仿佛痛恨难于相处的彼得·德米特利奇,盼望有个方便的机会好从他脚底下溜掉似的。奥尔迦·米海洛芙娜瞅着她的丈夫,心里厌恶他那招引大家喜爱的英俊相貌、他的后脑、他的姿态、他对女人的亲昵劲儿。她痛恨坐在小船上的一切女人,她嫉妒,同时又每分钟都在发抖,生怕那条不稳的小独木舟翻掉,惹出一场祸事来。

"慢一点,彼得!"她叫道,她害怕得心都停止跳动了。"坐到船上来!你不这样做,我们也会相信你胆子大的!"

那些跟她同船的人也搅得她心神不定。他们都是平时常见的那种不坏的人,像这样的人很多。可是现在依她看来,他们每个人都反常,恶劣。她在每个人身上只看见弄虚作假。"瞧,"她想,"划桨的这个生着栗色头发的青年男子戴着金边眼镜,留着一把漂亮的胡子,素来受他妈妈宠爱,生活幸福,家财豪富,吃得白白胖胖,大家都认为他是个正直的、具有自由思想的、进步的人。他大学毕业以后,到这个县里来,还没住满一年,就已经这样说他自己:'我们都是些地方自治活动家。'可是过不了一年,他就会像其他许多人那样觉得无聊,动身到彼得堡去,为了替自己的逃跑辩白,到处宣扬地方自治会一无是处,他上当了。他那年轻的妻子呢,正在另一条船上目不转睛地瞧着他,真相信他是个'地方自治活动家',一年以后,她也会相信地方自治会一无是处。还有那个体态丰满、把胡子剪得很精细的先生,戴着草帽,上面镶着宽帽带,嘴里叼着一支贵重的雪茄烟。这个人喜欢说:'现在我们应该丢掉幻想,动手工作了!'他养着约克郡的猪和布特列罗夫式的蜂,栽种油菜和菠萝,开办油坊和干酪制造厂,使用意大利的复式簿记。然而每到夏天,他总是卖掉自己的树林供人砍伐,把一部分土地抵押出去,为的是秋天好跟他的情妇一块儿到克里米亚去居住。还有我的叔叔尼古拉·尼古拉伊奇,他生彼得·德米特利奇的气,可是不知什么缘故,竟然没有回家去!"

奥尔迦·米海洛芙娜看一下别的小船,她在那边也只看见些不招人喜欢的怪人、装腔作势的人或者狭隘浅薄的人。她回想她在县里认得的一切人,却怎么也想不起哪个人有什么好处值得说一说,或者想一想。她觉得所有的人都平庸,苍白,闭塞,狭隘,虚伪,无情,大家嘴上说的并不是心里想的,他们做的也不是自己想做的事。烦闷和绝望使她透不过气来,她恨不得突然收起她的笑容,跳起来,喊一声:"我讨厌你们!"然后跳出船外,游着水回到岸上去。

"诸位先生,我们来拖住彼得·德米特利奇的船!"有人叫道。

"拖住他!拖住他!"别人响应道,"奥尔迦·米海洛芙娜,您拖住您丈夫的船啊!"

坐在船舵旁边的奥尔迦·米海洛芙娜,为了拖住她丈夫的船,就得看准时机,灵巧地拉住他那"片杰拉克里亚"船头上的链子。等到她弯下腰去抓那根链子,彼得·德米特利奇却皱起眉头,惊慌地瞧着她。

"你坐在那儿别着凉才好!"他说。

"要是你担心我和孩子,那你为什么折磨我?"奥尔迦·米海洛芙娜心里暗想。

彼得·德米特利奇承认自己败下来了,可是他不愿意坐在拖船上,就从"片杰拉克里亚"跳到本来就已经装满人的小船上,而且跳得那么随便,弄得小船猛的一歪,大家都吓得叫起来。

"他这样跳是要招那些女人喜欢他,"奥尔迦·米海洛芙娜暗想,"他知道他跳得挺漂亮。……"

她的胳膊和腿开始发抖,她认为这是因为她心烦,她苦恼,因为她勉强赔着笑脸,因为她周身感到不舒服。她为了对客人们掩盖颤抖,就极力大声说话,发笑,活动。……

"万一我突然哭出声来,"她想,"我就推说牙痛。……"

不过那些小船终于在"好望岛"靠岸了。大家都把这个地方叫作"好望岛",实际上它是河道上一个由大转弯造成的半岛,上面布满古老的树林,其中有桦树、橡树、柳树、杨树。树荫底下已经摆好一些桌子,茶炊在冒烟,瓦西里和格利果利穿着燕尾服,戴着线织的白手套,已经在茶具旁边忙碌不停。好望岛的对面河岸上停着运食品来的马车。一筐筐和一包包食品从马车上送到一条很像"片杰拉克里亚"的小独木舟上,渡过河,运到这边岛上来。听差啦,车夫啦,以至坐在小独木舟上的农民啦,脸上都带着过命名日那种喜气洋洋的神情,那样的神情是只有孩子们和仆人们才会有的。

奥尔迦·米海洛芙娜动手沏茶,往头一批杯子里斟茶,这时候客人们正忙着喝酒,吃甜食。随后,野餐会上喝茶的时候照例会有的那种骚乱开始了,这使女主人感到十分乏味和厌烦。格利果利和瓦西里刚把一杯杯茶分别送到客人们手中,就有许多拿着空杯子的手伸到奥尔迦·米海洛芙娜面前来了。有的人要求茶里不要放糖,有的人要浓一点的茶,有的人又要淡一点的,有的人道谢,说是不想再喝了。奥尔迦·米海洛芙娜就得把这些要求都记住,然后叫道:"伊凡·彼得罗维奇,是您不要放糖吧?"或者:"诸位先生,是谁要淡一点的茶呀?"可是这时候,那个要喝淡茶或者不要放糖的人已经不记得自己的要求,把心思都放在愉快的谈话上,随手把他碰到的茶杯接下来了。离桌子不远,有些闷闷不乐的人像影子似的在散步,装出在草地里找菌子或者看盒子上的商标的样子,这是些没有拿到茶杯的人。"您喝过茶了吗?"奥尔迦·米海洛芙娜问道,那个被问的人却请她不必操心,说:"我等一会儿吧。"然而对女主人来说,客人不等,赶紧把茶喝完,反而省事得多了。

有的人忙于谈话,慢腾腾地喝茶,把茶杯留在手里有半个钟头之久。有的人,特别是在宴席上喝过很多酒的人,始终不离开桌子,一杯接一杯地喝个不停,弄得奥尔迦·米海洛芙娜连倒茶都来不及。有一个爱开玩笑的年轻人咬着糖块喝茶,嘴里不住地说着:"我这个有罪的人啊,就是喜欢让自己享受一下中国植物①

---

① 指茶叶。

的美味。"他不时长叹一声,要求道:"麻烦您再给我斟一丁点儿!"他喝下很多茶,把糖嚼得很响,以为这样做又逗笑又别致,把商人学得很像。谁都没有体会到这些小事在女主人却是苦事,而且这也确实很难体会到,因为奥尔迦·米海洛芙娜始终殷勤地微笑,嘴里说着敷衍的话。

可是她觉得身子不舒服。……那许多人、那笑声、那些问话、那开玩笑的青年、那些忙得头脑发昏和筋疲力尽的听差、那些绕着桌子跑来跑去的孩子,都惹得她不痛快,而且瓦达长得那么像娜达,柯里亚那么像米嘉,叫人分不清谁喝过了茶,谁还没喝,这也惹得她心烦。她觉得她勉强装出的殷勤笑容正在变成气愤的神情,她随时觉得自己会哭出声来。

"诸位先生,下雨了!"有人嚷道。

大家都抬头看天。

"是的,真下雨了……"彼得·德米特利奇肯定道,擦一下脸。

天空只掉下少数雨点,真正的雨还没来,可是客人们丢下茶杯,赶紧走了。大家先是想坐马车,可是又改变主意,往小船那边走去。奥尔迦·米海洛芙娜借口说她得赶快安排晚饭,要求大家容许她独自先走,就坐上马车回家去了。

她坐上马车,首先让她的脸收起笑容,休息一下。她带着气愤的脸色穿过村子,带着气愤的脸色对那些路上相遇而向她鞠躬的农民们还礼。她回到家,就从后门走进寝室,在她丈夫的床上睡下。

"主啊,我的上帝,"她小声说,"这种苦役般的劳累为的是什么呀?为什么这些人在这儿高谈阔论,装得挺快活的样子?为什么我赔着笑脸做假?我不明白,我不明白!"

外面传来脚步声和说话声。这是客人们回来了。

"随他们去吧,"奥尔迦·米海洛芙娜暗想,"我还要再躺一会儿。"

可是有个女仆走进寝室,说:

"太太,玛丽雅·格利果烈芙娜要走了!"

奥尔迦·米海洛芙娜跳下床,理一理头发,赶紧走出寝室去了。

"玛丽雅·格利果烈芙娜,这是怎么回事啊?"她迎着玛丽雅·格利果烈芙娜走过去,用委屈的声调说,"您急急忙忙要赶到哪儿去?"

"没法子,亲爱的,没法子呀。就是现在走,我也已经坐得过久了。我的孩子们在家里等我呢。"

"您太不应该了!为什么您不带着您的孩子一块儿来呢?"

"亲爱的,要是您容许的话,我往后就挑个平常的日子带他们来玩,不过今天……"

"哎,请您自管带来,"奥尔迦·米海洛芙娜插嘴说,"我会很高兴的!您那些孩子那么可爱!您替我一个个吻他们。……不过,说真的,您惹得我不高兴!为什么走得这么急呢,我不明白!"

"没法子,没法子呀。……再见吧,亲爱的。您要保重身体。要知道,目前您怀着身孕……"

两人互相接吻。奥尔迦·米海洛芙娜把客人送上马车后,走进客厅去找那些太太们。那儿已经点起灯,男客们已经坐下来玩文特了。

四

吃过晚饭后,大约十二点一刻,客人们纷纷告辞了。奥尔迦·米海洛芙娜送客出去,站在门廊上,说:

"说真的,您该戴一块披巾走!天气有点凉下来。求上帝保佑,千万别受凉才好!"

"您放心吧,奥尔迦·米海洛芙娜!"客人们坐上马车,回答说,"好,再见!您要记住,我们盼着您来!可别骗我们啊!"

"唷,唷!"马车夫勒住马,吆喝道。

"赶车吧,丹尼斯!再见,奥尔迦·米海洛芙娜!"

"替我吻你们的孩子!"

马车走了,立时消失在黑暗里。在门口的灯射到大道上的一圈红光里,出现一辆新的双套马或者三套马的马车,马已经等得不耐烦,马车夫把两条胳膊向前平伸出去。宾主就又开始接吻,接着是责备,再就是要求以后再来或者戴一块披巾去。彼得·德米特利奇从前厅跑出来,扶着太太们坐上马车。

"你现在得赶着车往叶甫烈莫甫希纳那边走,"他指点马车夫说,"穿过曼基诺固然近一点,可是那儿路不好走。说不定会翻车。……再见,我的美人儿。替我向您的画家一千次致意①!"

"再见,亲爱的奥尔迦·米海洛芙娜!您回屋里去吧,要不然会受凉的!外面潮湿!"

"唷!你这调皮的马!"

"您这几匹是什么马呀?"彼得·德米特利奇问道。

---

① 原文为法语。

彩 票 集

"这是大斋节①期间在哈依达罗夫买来的。"马车夫回答说。

"挺好的马儿……"

彼得·德米特利奇拍拍拉边套的马的背部。

"好,赶车吧!一路顺风!"

终于最后一个客人也走了。大道上那圈红光摇晃着,往四下里浮动,缩小,灭了,这是因为瓦西里把门廊上那盏灯取走了。从前每逢把客人送走以后,彼得·德米特利奇和奥尔迦·米海洛芙娜总要在大厅中面对面地跳跳蹦蹦,拍着手,唱道:"他们走了!他们走了!他们走了!"可是现在奥尔迦·米海洛芙娜没有心思干这些事。她走进寝室,脱掉衣服,在床上躺下。

她以为马上就会睡着,而且会睡得酣畅。她的腿和肩膀却酸痛得反常,她讲多了话,脑袋发沉,周身仍旧感到不舒适。她拉过被子来蒙上头,躺了三分钟光

---

① 基督教节日,复活节前的四十天。

景,然后从被子里伸出头来,瞧着神像前面的小灯,体验着宁静的氛围,微微地笑了。

"这样才好,这样才好……"她小声说着,蜷起腿来,她觉得两条腿好像走多了路,变得长了似的,"睡吧,睡吧。……"

她的腿放不舒服,周身也不好受,她就翻个身。寝室里,有只大苍蝇嗡嗡地飞,焦急不安地撞着天花板。还可以听见大厅里格利果利和瓦西里在小心地走动,收拾桌子。奥尔迦·米海洛芙娜觉得她一直要到这些声音静下来以后才会睡着,才会觉得舒服。她就又焦躁地翻个身。

她丈夫的说话声从客厅里传过来。大概有什么人留下来过夜了,因为彼得·德米特利奇正在对一个什么人讲话,声音很响:

"我不想说阿历克塞·彼得罗维奇伯爵是个虚伪的人。不过他不由自主地成了那么一个人,因为你们大家,诸位先生,极力要在他身上看到跟他的本来面目不同的东西。他对宗教的狂热被人看作独特的智慧,他的狎昵态度被人看作好心肠,他完全缺乏见解被人看作保守主义。就算他是一八八四年牌子的保守主义者吧。可是,究其实,保守主义到底是什么东西呢?"

彼得·德米特利奇生阿历克塞·彼得罗维奇伯爵的气,生他客人们的气,生自己的气,这当儿正在发牢骚。他骂伯爵,骂客人,恼恨自己,准备任性地发表意见,提出主张。他把客人送走后,在客厅里从这个墙角走到那个墙角,穿过饭厅,沿着过道,走进他的书房,然后又穿过客厅,走进寝室去了。奥尔迦·米海洛芙娜仰面朝天躺着,被子只盖到腰上(她已经觉得热了),带着气愤的脸色盯着撞天花板的苍蝇。

"莫非有人留下来过夜吗?"她问。

"是叶果罗夫。"

彼得·德米特利奇脱掉衣服,在自己的床上躺下。他默默地点上烟,也开始瞅那只苍蝇。他的眼光严厉而不安。奥尔迦·米海洛芙娜对着他英俊的侧影默默地看了大约五分钟。不知什么缘故,她觉得如果她的丈夫突然扭过脸来对着她,说:"奥丽雅,我心里难受。"她就会哭起来,或者笑起来,于是她的心头就会轻松了。她认为她腿痛,周身不舒服,是因为她心里太紧张的缘故。

"彼得,你在想什么?"她问。

"哦,没想什么……"她丈夫回答说。

"近来你有些心事瞒着我。这不好。"

"为什么这就不好呢?"彼得·德米特利奇沉吟一下,冷淡地说,"我们每个人都有个人的生活,所以也就不能不有自己的心事。"

"个人的生活,自己的心事……这都是空话!你要明白,你伤了我的心!"奥尔迦·米海洛芙娜说,翻身起来,坐在床上。"既然你心头沉重,为什么你瞒着我呢?为什么你觉得对不相干的女人说出心里话倒比对自己的妻子说合适一些呢?这不,你今天在养蜂场那边对柳包琪卡吐露你的心事,我全听见了。"

"哦,那我给你道喜。你听见了,我很高兴。"

这意思是说:你容我安静一下,别妨碍我思索!奥尔迦·米海洛芙娜生气了。这一天,她心头郁积的烦恼、憎恨、愤怒,仿佛突然翻腾起来了。她不肯推延到明天,一心想立刻把话都对她丈夫说穿,侮辱他,报复他。……她用力按捺自己,免得嚷起来,说道:

"你得明白,这种事可恶,可恶,可恶!今天我恨了你一整天,这都是你惹出来的!"

彼得·德米特利奇也起身坐好。

"可恶,可恶,可恶!"奥尔迦·米海洛芙娜接着说,开始周身发抖,"用不着给我道喜!你最好给你自己道喜吧!可耻,丢脸!你虚伪到了不好意思跟你妻子同待在一个房间里的地步!你这虚伪的人!我看透了你,明白你走的每一步路!"

"奥丽雅,每逢你心绪不好,请你事先告诉我一声。那我就可以到书房里去睡觉了。"

说完这话,彼得·德米特利奇拿起枕头,走出寝室去了。奥尔迦·米海洛芙娜没有料到这一着。她眼望着她丈夫走出去的那道门,张着嘴,周身发抖,沉默了几分钟,极力要弄明白这是什么意思。这究竟是虚伪的人在争论中自知理屈而使用的办法呢,还是处心积虑要挫伤她的自尊心?该怎样理解呢?奥尔迦·米海洛芙娜想起她的堂兄,他是个军官,是个快活人,常常笑着对她说,每逢晚上他的"妻子开始唠唠叨叨数落"他的时候,他总是拿起枕头,嘴里吹着口哨,走到自己书房里去,撇下他妻子处在一种愚蠢可笑的局面里。这个军官娶的是阔人家的女儿,是个任性而愚蠢的女人,他并不尊敬她,只是敷衍她罢了。

奥尔迦·米海洛芙娜跳下床来。依她看来,现在她只有一件事可做,那就是赶快穿好衣服,走出这所房子,从此再也不回来。这所房子本是她自己的,这就会使彼得·德米特利奇越发感到难堪。她并没考虑该不该这样做,却很快地跑到书房去把自己的决定("娘儿们的逻辑!"这个想法掠过她的心头)通知她的丈夫,并且在临别之际再说些侮辱他的刻薄话。……

彼得·德米特利奇躺在长沙发上,装出看报的样子。他旁边的椅子上点着一支蜡烛。他的脸给报纸挡住,她看不见。

"请您费神解释一下:这是什么意思?我问您!"

"'您'……"彼得·德米特利奇学着她的话说,没有露出他的脸,"这就惹人厌烦了,奥尔迦!说实在话,我累了,现在顾不上这些。……让我们明天再相骂吧。"

"不,我十分了解你!"奥尔迦·米海洛芙娜接着说,"你恨我!对了,对了!你恨我是因为我比你阔绰!就因为这一点,你永远也不会原谅我,永远要对我做假!('娘们儿的逻辑!'这想法又掠过她的心头。)现在,我知道,你在笑我。……我甚至相信,你跟我结婚也无非是贪图这财产权和那些可恶的马罢了。……哎,我真是不幸!"

彼得·德米特利奇的报纸掉在地下,他坐起来了。这种意外的侮辱使他呆住了。他像小孩那样狼狈地微笑着,茫然失措地瞧着他的妻子,向她伸出手去,仿佛要保护自己免得挨打似的,用恳求的声调说:

"奥丽雅!"

他料想她还会说出什么可怕的话,就紧贴在长沙发的靠背上,他整个魁梧的身体也开始变得像他的笑容那么孩子气和狼狈了。

"奥丽雅,你怎么能说这话?"他小声说。

奥尔迦·米海洛芙娜清醒过来了。她突然体会到她对这个人一向疯狂般热爱着,想起他就是她的丈夫彼得·德米特利奇,她缺了他就连一天也活不下去,他也疯狂般爱着她。她就放声大哭,连嗓音都变了。她抱住自己的头,跑回寝室里去了。

她扑在床上,短促的歇斯底里的哭声响彻这个寝室,使得她透不出气,胳膊和腿不住地抽搐。她想起隔着三四个房间有个客人在过夜,就把脑袋埋在枕头底下，好盖没她的哭声，然而枕头却掉在地板上了。她弯下腰去拾它，不料差点摔下去。她把被子拉过来盖住脸，然而她的手不听使唤，无论抓到什么都痉挛地撕扯一通。

她觉得什么都完了，觉得她为侮辱她丈夫而说出的那些假话已经把她的生活打碎。她的丈夫不会原谅她了。她对他的侮辱是任什么温存，任什么誓言也无法抵消的。……她怎么能叫她丈夫相信她自己并不相信自己说过的话呢？

"完了，完了！"她喊着，没有注意到她的枕头又掉在地板上了，"看在上帝面上！看在上帝面上吧！"

那个客人和那些仆人多半已经被她的叫声惊醒，那么明天全县的人都会知道她发过一场歇斯底里，要为这件事纷纷责难彼得·德米特利奇不对了。她就用力抑制自己，然而哭声却变得越来越响。

"看在上帝面上吧！"她喊着，嗓音都变了，自己也不明白为什么要喊这句话，"看在上帝面上吧！"

她觉得她身子底下的床正往下陷,她的腿给被子缠住了。彼得·德米特利奇走进寝室来,身上穿着长袍,手上举着蜡烛。

"奥丽雅,别哭了!"他说。

她翻身起来,跪在床上,被烛光照得眯细眼睛,一面哭一面说:

"你要明白……你要明白……"

她想说她受尽了那些客人、他的虚伪、她自己的虚伪的折磨,还想说她心里在翻腾,可是她能说出口的却只有这么几个字:

"你要明白……你要明白!"

"喏,你喝点水!"他递给她一杯水,说道。

她顺从地接过杯子,开始喝水,可是水泼翻了,洒在她手上、胸上、膝盖上。……"大概我现在非常不像样子!"她暗想。彼得·德米特利奇默默地扶着她躺下,给她盖上被子,然后拿着蜡烛走出去。

"看在上帝面上!"奥尔迦·米海洛芙娜又叫道,

彩票集

"彼得,你要明白,你要明白!"

突然,有个什么东西在她的下半身顶她的肚子和背部,用力那么猛,连她的哭声都中断了,她痛得直咬枕头。不过,这种疼痛立刻又放松她,她就又哭起来。

一个女仆走进来,给她理一理身上的被子,不安地问道:

"太太,好太太,您怎么了?"

"出去!"彼得·德米特利奇走到床前来,严厉地说。

"你要明白,你要明白……"奥尔迦·米海洛芙娜开口说。

"奥丽雅,我求求你,安静一下!"他说,"我本来并没有打算惹你生气。要是我知道我离开寝室会对你产生这样的影响,我就不会走出寝室了。刚才我心里气闷。我是照一个诚实人那样对你说这句话。……"

"你要明白。……你虚伪,我虚伪。……"

"我明白。……得了,得了,别提了!我明白了……"彼得·德米特利奇温柔地说,在她的床上坐下,"你是一时气愤才说出那种话来的,我明白。……我对着上帝赌咒,我爱你胜过爱世界上任什么东西。当初我跟你结婚,从来也没想到过你有钱。我无限地爱你,除此以外就没有别的了。……我向你担保。我从没缺过钱,也不知道钱的价值,所以不会感到你的财产和我的财产有什么区别。我素来认为我们两个人同样富裕。至于我在一些小事情上做假,那……当然,是实情。到现在为止我的生活一直过得这么不严肃,所以不知怎么,要没有这种琐细的做假可不行。现在我自己也不好受。看在上帝面上,我们不谈这些吧!……"

奥尔迦·米海洛芙娜又感到剧烈的疼痛,就拉住她丈夫的衣袖。

"我痛,痛,痛……"她很快地说,"哎呀,好痛!"

"叫鬼抓了那些客人去才好!"彼得·德米特利奇

嘟哝着，站起来，"你今天不该到那个岛上去！"他叫道，"我这个傻瓜怎么会没拦阻你呢？主啊，我的上帝！"

他懊恼地搔着头皮，摆一摆手，走出寝室去了。

后来他有好几次走进寝室来，在床边挨着她坐下，说很多话，时而讲得十分温柔，时而讲得生气，不过她已经听不大清了。她的哭声和可怕的疼痛轮流交替，她的疼痛一次比一次剧烈和长久。起初，她在疼痛的时候屏住呼吸，咬枕头，可是后来却用一种撒野的、撕裂人心的声音叫起来。有一次，她看见她丈夫坐在她身旁，想起她辱骂过他，就没有考虑这是在做梦还是彼得·德米特利奇真在这儿，伸出两只手去抓住他的手，不住地吻它。

"你做假，我做假……"她开始分辩说，"你要明白，你要明白。……我累坏了，失去了耐性。……"

"奥丽雅，我们房间里有外人！"彼得·德米特利奇说。

奥尔迦·米海洛芙娜微微抬起头来,看见瓦尔瓦拉跪在五屉柜那儿,拉出下面一层抽屉。上面几层抽屉已经拉出来。瓦尔瓦拉开完五屉柜以后,站起来,由于用力而涨红了脸,带着冷静庄严的脸色开一个小匣子。

"玛丽雅,我打不开!"她小声说,"你来开吧。"

女仆玛丽雅正用剪刀挖着烛台,好把一支新蜡烛放上去。她走到瓦尔瓦拉那儿,帮她开小匣子。

"一样东西都不许关紧……"瓦尔瓦拉小声说,"那个小盒,我的好人,也得打开。老爷,"她对彼得·德米特利奇说,"您得打发人到米哈依尔神父那儿去一趟,叫他把圣像壁中门打开!一定得打开!"

"您想怎么办就怎么办吧,"彼得·德米特利奇呼吸急促地说,"只是看在上帝面上,快点去请大夫或者接生婆来!瓦西里去了没有?再派一个人去。就派你丈夫去好了!"

"我要生孩子了,"奥尔迦·米海洛芙娜心里想,

"瓦尔瓦拉，"她呻吟着说，"不过，这孩子一定不会活着生下来！"

"没什么，没什么，太太……"瓦尔瓦拉小声说，"上帝保佑，他会豁着的（她把'活'念成'豁'）！他会豁着的！"

等到奥尔迦·米海洛芙娜再一次阵痛后清醒过来，她就再也不能痛哭，再也不能翻身，只能不断呻吟了。即使在她不觉得疼痛的当口，她也不能不呻吟。蜡烛还点着，可是清晨的曙光已经射进窗帘来。这时候大概是早晨五点钟左右。寝室里小圆桌旁边坐着一个她不认识的女人，系着白围裙，脸上现出低声下气的模样。从她的体态看得出来，她已经坐了很久。奥尔迦·米海洛芙娜猜出这个人是接生婆。

"快要生下来了吗？"她问道，同时在自己的说话声里听到一种不熟悉的特别音调，这在她是从来没有过的。"我大概会难产死亡的。"她暗想。

彼得·德米特利奇小心地走进寝室来，穿着白天穿的衣服,站在窗前,背对着他的妻子。他把窗帘撩起一点儿,看着窗外。

"好大的雨啊!"他说。

"几点钟了?"奥尔迦·米海洛芙娜问,为的是再听一次她的说话声里那种不熟悉的音调。

"五点三刻。"接生婆回答说。

"要是我真死了,那会怎么样?"奥尔迦·米海洛芙娜暗想,看着她丈夫的头,看着被雨点敲打的窗玻璃,"他缺了我怎样生活下去呢?他跟谁一块儿喝茶,吃饭?到傍晚跟谁一块儿谈话,睡觉呢?"

依她看来,他显得那么弱小,孤苦伶仃,她不由得怜惜他,想对他说些好听的、温存的、安慰的话。她回想今年春天他原本打算买几条猎狗,可是她认为打猎是残忍而危险的娱乐,就没让他买。

"彼得,你买几条猎狗吧!"她呻吟道。

他放下窗帘,走到床跟前,想开口说话,然而这时候奥尔迦·米海洛芙娜觉得一阵疼痛,就用撒野的、撕裂人心的声音喊叫起来。

由于疼痛,不断的叫喊和呻吟,她终于变得麻木了。她听着,看着,有时候也说话,可是对什么都不大了解,只感到她在痛,或者马上就要痛了。她觉得命名日似乎是老早老早以前的事,不是昨天,却仿佛是一年以前的事。她这种疼痛的新生活,仿佛比她的童年时代、她在中学和高等学校读书的时期、她的婚姻生活都要长久,而且还要长时期地延续下去,不会有尽头了。她看见仆人给接生婆端茶来,中午招呼她去吃早饭,后来又招呼她去吃午饭。她看见彼得·德米特利奇常常走进来,在窗前站上很久,又走出去,另外还有几个陌生的男人、女仆、瓦尔瓦拉也常常进出。……瓦尔瓦拉老是说:"会豁着的,会豁着的。"一看见有人关五屉柜的抽屉就生气。奥尔迦·米海洛芙娜看见房里和窗外的亮光常常变换,一会儿幽暗,一会儿迷迷蒙蒙,像是有雾,一会儿如同白昼,跟昨天午饭时候那样明亮,一会儿又幽暗了。……每次变化都要延续很久,就跟她的童年时代、她在中学和高等学校读书的时期一样长。……

傍晚有两位医生来给奥尔迦·米海洛芙娜动手术,一位很瘦,秃头,留一把很宽的红胡子,另一位生着犹太人的脸型,黑皮肤、黑头发,戴一副价钱便宜的眼镜。她眼看陌生的男人碰她的身体,却毫不在意。她已经没有羞耻的感觉,也没有意志,人人都可以随意摆布她。即使这时候有人拿着刀子向她扑过来,或者侮辱彼得·德米特利奇,或者夺去她生小宝宝的权利,她也不会说一句话的。

动手术的时候,她闻了哥罗芳①。等她事后清醒过来,疼痛却还是延续不断,而且痛得受不了。那时候是夜里。奥尔迦·米海洛芙娜想起仿佛以前有过这样一个夜晚,安安静静,神像前面点着小灯,接生婆一动不动地坐在床边,五屉柜的抽屉拉开来,彼得·德米特

---

① 一种麻醉剂。

利奇站在窗前,然而,好像那是老早老早以前的事了。……

五

"我没有死……"等到奥尔迦·米海洛芙娜又了解周围的事,不再觉得疼痛以后,她暗自想道。

夏季明亮的白昼从寝室里两个敞开的窗口照进来。窗外,花园里,麻雀和喜鹊一秒钟也不停地叫着。

五屉柜的抽屉已经关上,她丈夫的床收拾整齐了。寝室里没有接生婆,没有瓦尔瓦拉,没有女仆,只有彼得·德米特利奇仍旧站在窗前,一动也不动,瞧着花园里。听不见婴孩的啼哭声,谁也没有来道喜,或者高兴,看来,小宝宝生下来却没有活着。

"彼得!"奥尔迦·米海洛芙娜叫她的丈夫。

彼得·德米特利奇回过头来看。大概从最后一个客人告辞,奥尔迦·米海洛芙娜侮辱她丈夫以后,已经过了很多时间,因为彼得·德米特利奇明显地变得消瘦憔悴了。

"你要什么?"他走到床前,问道。

他眼睛瞧着一旁,嘴唇努动着,像小孩那样狼狈地微笑。

"事情都完结了吗?"奥尔迦·米海洛芙娜问道。

彼得·德米特利奇想回答一句话,可是他的嘴唇发抖,嘴巴像老人似的撇着,就跟她那掉了牙的叔叔尼古拉·尼古拉伊奇一个样。

"奥丽雅!"他说,绞着手,他的眼睛里忽然滴下几颗大泪珠。"奥丽雅！我不需要你的财产权,不需要会审法庭……"他哽咽一下,"……不需要特殊的见解,不需要那些客人,也不需要你的陪嫁……我什么都不需要！为什么我们没保住我们的孩子呢？唉,说这些也无益了！"

他摆一下手,走出寝室去了。

可是这对奥尔迦·米海洛芙娜简直没有产生什

么影响。她的脑子由于哥罗芳的作用变得昏昏沉沉,心里一片空白。……她至今还处在刚才两位医生给她动手术的时候,她对生活麻木、冷漠的那种状态之中。

主 教

一

在棕枝主日①的前夜,古彼得罗甫斯基修道院里正在举行晚祷。等到教堂里分发柳枝,已经将近十点钟,烛火暗下去,烛心结了花,一切东西都像在迷雾当中。在教堂的昏暗里,人群浮动,好比海洋。彼得主教

---

① 东正教十二节之一,在复活节前一周的星期日。纪念耶稣在受难前不久骑驴进入耶路撒冷,受到居民执棕欢迎。俄国许多地区没有棕树,用柳枝代替棕枝。

身体不适已经有三天了,在他眼里,所有这些人的脸,年老的也好,年轻的也好,男的也好,女的也好,彼此都一模一样,凡是走过来取柳枝的人,眼睛里也都现出同样的神情。在这种迷雾中,门口是看不见的,人群老是在走动,仿佛不但现在走不完,将来也走不完似的。妇女合唱队在唱歌,一个修女在念赞美诗。

多么闷呀,多么热呀!这个晚祷是多么长啊!彼得主教累了。他的呼吸沉重、急促,喉咙发干,两个肩膀累得酸痛,两条腿发抖。合唱队那边偶尔有个狂热的教徒大叫起来,搅得他心里不舒服。而且,突然间,仿佛在梦里或者昏迷中,主教觉得他那九年没有见过面的亲娘玛丽雅·季莫费耶芙娜好像夹在人群当中向他走过来了,或者那是一个面容跟他母亲相像的老太婆吧,那个女人从他手里接过柳枝以后走开了,眼睛却一直高兴地瞧着他,脸上现出善意而快活的笑容,后来她就消失在人群中了。不知什么缘故,眼泪在他脸上流淌。他内心平静,一切都顺利,然而他定睛瞧着左边的唱诗班,那儿正在朗诵,在昏暗的暮色中一个人也看不清,他瞧啊瞧的,哭了。泪水在他的脸上、胡子上发亮。于是在他近旁,有个人哭起来,随后远处另一个人哭了,后来哭的人越来越多,教堂里渐渐充满轻轻的啜泣声。可是过一会儿,大约五分钟的样子,修女的合唱团唱起来,就没有人再哭,一切又恢复原样了。

过了不久,祈祷结束了。主教坐上轿式马车准备回家,这时候,整个花园里满是月光,那些名贵、沉重的钟发出欢快好听的当当声。那些白色的墙、那些坟墓上的白色十字架、那些白色的桦树和黑色的阴影,那个遥远的、恰好挂在修道院上空的月亮,这时候仿佛过着一种它们自己的、为人类所不理解而又接近人类的特殊生活。那是四月初,在春日的温暖的白昼以后,天气凉下来,微微带点寒意,同时,在柔和、清凉的空气里可以使人感到春天的气息。从修道院到城里是一条沙土路,马车只得慢慢地走;在这辆轿式马车两旁,在明亮恬静的月光里,有些虔诚的祈祷者在沙土地上缓缓地走动。大家都不开口,都在沉思。周围的一切东西,树木啊,天空啊,以至月亮,都显得和蔼,年轻,十分亲切,人就不由得巴望这一切能永远这样才好。

最后,轿式马车驶进城里,在一条大街上奔驰。商店已经关门,只有富商叶拉金的铺子里在试验电灯,灯光使劲地闪烁,招得一群人围着看。随后来到宽阔昏暗的街道,一条接着一条,连人影也没有,再后就是城外那条由地方自治局修的大道,旷野,迎面扑来松树的清香。忽然,眼前升起一道有雉堞的白墙,墙里边耸起一座高高的钟楼,完全浸沉在月光里,钟楼旁边有五个颜色金黄、闪闪发光的大圆房顶,这就是潘克拉契耶夫斯基修道院,彼得主教就住在那里面。在这儿,那个安静而沉思的月亮也高高地挂在修道院的上空。那辆轿式马车驶进大门,在沙土路上发出嘎吱嘎吱的响声,月光下面这儿那儿闪过几个修士的黑色身影,石板路上响着脚步声。……

"主教大人,刚才您不在的时候,您的妈妈到这儿来了。"侍者在主教走进自己住所的时候报告说。

"我的妈妈?她是什么时候来的?"

"晚祷以前。她老人家先是打听您在哪儿,后来就坐车到女修道院去了。"

"这样说来,刚才我在教堂里看见的就是她!啊,主!"

主教快活得笑起来。

"她老人家吩咐我报告您,主教大人,"修士接着说,"她明天来。她带着一个小姑娘,大概是她的孙女吧。她老人家住在奥甫相尼科夫客栈里。"

"现在几点钟?"

"刚过十一点。"

"哎,真糟糕!"

主教在客厅里又坐了一会儿,迟疑不定,仿佛不相信已经这样晚了。他的胳膊和腿有点酸痛,后脑壳疼痛。他觉得热,不舒服。他歇了一会儿就走到他的卧室里去,又坐了一阵,心里始终想着他的母亲。可以听见那个修士走出去了,修士司祭西索依神甫在隔壁咳嗽。修道院的钟敲了十一点一刻。

主教换了衣服,开始念睡前的祈祷词。他专心地念这个古老的、早已熟悉的祈祷词,同时想着他的母亲。她有九个儿女,有将近四十个孙子孙女。从前她跟她的丈夫,一个助祭,住在一个穷苦的村子里,在那儿住了很久,从十七岁起住到六十岁。主教记得他在童年时,差不多只有三岁的时候,她是什么模样,他多么爱她呀!可爱的、宝贵的、难忘的童年时代!为什么它,那段永远过去而不会再回来的光阴,仿佛比当时的实在情形还要光明、快乐、丰富呢?他在童年时代和少年时代每逢身体不好,他的母亲总是那么温柔,那么体贴啊!此刻,他的祷告同他的回忆混在一起了,他的回忆像火焰似的越烧越旺,而他的祷告并不妨碍他想到他的母亲。

他祷告完毕就脱掉衣服,上床躺下;四周刚刚黑下来,他的眼前就立刻浮现出他那去世的父亲、他的母亲、他的故乡列索波里耶村。……车轮的吱嘎声,羊群的咩咩声,在晴朗的夏日清晨教堂里的钟声,窗子跟前的茨冈人,啊,想起这些,心里是多么甜蜜啊!他不由得想起列索波里耶村的司祭西美昂神甫,这人温和,安分,心好,他本人长得倒不高,很瘦,可是他的儿子,一个宗教学校学生,却身材魁伟,用恶狠狠的低音讲话,有一回这个教士的儿子对家里的厨娘发脾气,骂她道:"哼,你这头耶户①的母驴!"而西美昂神甫听了这话却什么也没说,只是暗自羞愧,因为他记不得《圣经》上什么地方提到这条母驴了。他走后,到列索波里耶村来当司祭的是杰米扬神甫,这人酒瘾大,有的时候喝得酩酊大醉,他甚至得了一个外号叫"醉汉杰米扬"。列索波里耶村的教师是玛特威·尼古拉伊奇,原是宗教学校的学生,这人心眼好,不愚蠢,然而也是一个酒鬼。他从来也不打学生,可是不知什么缘故他的墙上总是

---

① 公元前9世纪以色列国王,以驾车迅猛出名,见《旧约·列王纪下》。

挂着一小捆桦树枝子①,下面写着一行毫无意义的拉丁字:Betula kinder balsamica secuta②。他有一条毛蓬蓬的黑狗,给它起个名字叫辛达克西司③。

主教笑起来了。离列索波里耶村八俄里远有个奥勃尼诺村,那儿有一个能显灵的圣像。夏天人们排成宗教行列,抬着这个圣像从奥勃尼诺村到附近的村子里去,整天敲着钟,一会儿到这个村子,一会儿到那个村子,在这种时候主教就觉得空气里荡漾着欢乐,他(那时候,他叫巴甫鲁沙)不戴帽子,光着脚,跟着圣像走来走去,怀着纯朴的信仰,现出纯朴的笑容,无限幸福。他现在回想起来,在奥勃尼诺村总是有许多人,那儿的司祭阿历克塞神甫为了有充分的时间做奉献祈祷,就叫他的耳聋的侄子伊拉利昂念圣饼上的"祈福"和"祈求灵魂安息"的名单。伊拉利昂就念,有时候因

---

① 在俄国常用它来打人。
② 这是用几个单词凑成的,大意是"诊治儿童的、鞭打用的桦树枝"。
③ 这名字的原意是"句法学"。

此得到五个戈比或者十个戈比,直到他头发白了,头顶秃了,一辈子过去了,他才忽然看到一张纸条上写着:"你是个大傻瓜,伊拉利昂!"巴甫鲁沙至少在十五岁以前还很笨,学习成绩不好,因此家里人甚至打算把他从宗教学校里接回来,送到小铺里去做学徒。有一次,他到奥勃尼诺村去取信,对邮局里的职员看了很久,问道:"容我问一声,你们是怎样拿薪水的:是按月算还是按天算?"

主教在胸前画个十字,翻一个身,极力不再思索,定下心来睡觉。

"我的母亲来了……"他记起来,就笑了。

月亮照着窗子,地板上满是月光,也印着些阴影。一只蟋蟀在叫。西索依神甫在隔壁的房间里打鼾,从他那苍老的鼾声中可以听出一种孤单的、无依无靠的,甚至漂泊者的音调。西索依从前做过教区主教的管家,现在大家就叫他"原先的管家神甫"。他七十岁了,住在离城十六俄里的一个修道院里,有的时候也住在城里。三天前他顺路来到潘克拉契耶夫斯基修道院,主教就把他留在身边,为的是在空闲的时候同他谈谈公事,谈谈此地的情况。……

一点半钟,修道院里敲钟做晨祷。可以听见西索依神甫咳嗽起来,用不满的声调嘟哝着,然后起床,光着脚在各个房间里走来走去。

"西索依神甫!"主教叫道。

西索依回到自己房里,过了一会儿就穿着靴子,举着蜡烛来了。他的内衣外面罩着一件圣衣,头上是一顶褪了色的旧主教冠。

"我睡不着觉,"主教坐起来,说,"我大概生病了。我不知道生的是什么病。我在发烧!"

"大概是着凉了,大主教。应当用蜡烛油给您擦一擦身子才是。"

西索依站了一会儿,打个哈欠,说:"啊,主,饶恕我这个罪人!"

"叶拉金的铺子里今天点上电灯了,"他说,"我不喜欢!"

西索依神甫苍老,消瘦,背有点驼,老是对什么事不满意,他那双愤怒的、突出的眼睛像虾的眼睛一样。

"我不喜欢!"他又说一遍,走出去了,"不喜欢,永远去他的吧!"

二

第二天,复活节前的星期日,主教在本城的大教堂里做过祷告,然后到教区主教那儿去,又到一个年老多病的将军夫人家里去,最后坐车回到家里。一点多钟他家里有贵宾来吃饭:他的老母亲和他的外甥女卡嘉,一个八岁的姑娘。吃午饭的时候,春天的艳阳一直从外面射进窗子里来,欢畅地照着白色的桌布和卡嘉的棕红色头发。隔着双层窗子可以听见花园里白嘴鸦在聒噪,椋鸟在歌唱。

"我们已经有九年没见面了,"老妈妈说,"昨天我在修道院里一看到您,主啊!您一丁点儿也没变,也许只是瘦了一点,胡子长了。圣母啊,圣母!昨天做晚祷的时候,大家都忍不住哭了。我瞧着您,忽然也哭起来了,至于为什么哭,我自己也不知道。这是上帝的神圣的旨意啊!"

尽管她带着亲切的口气讲这些话,却可以看出来,她感到拘束,仿佛不知道该称呼他"你"还是"您",该笑还是不该笑,仿佛感到自己与其说是他的母亲,不如说是一个助祭的妻子。卡嘉眼也不眨地瞧着他的舅舅,主教大人,似乎想弄明白他是一个什么样的人。她那束着一根丝绒带、插着一把小梳子的头发往上梳,像是一个光圈;她生着一个狮子鼻和一对调皮的眼睛。她坐下来吃饭以前,打碎了一只玻璃杯,现在她的外婆一面讲话,一面从她面前时而移开一个茶杯,时而移开一个酒杯。主教听着他的母亲讲话,回想从前,许多许多年以前,她带着他,带着他的弟兄,带着他的姐妹到她认为阔绰的亲戚家里去,那时候她为儿女们奔走,如今呢，又为孙儿女奔走，这不，带着卡嘉来了。……

"您的姐姐瓦连卡有四个孩子，"她讲道，"这个卡嘉是最大的。上帝才知道您的姐夫伊凡神甫怎么会得病，在圣母安息节的前三天去世了。我的瓦连卡现在只怕要讨饭了。"

"尼卡诺尔怎么样？"主教问起他的大哥。

"还好，谢天谢地。虽然不怎么样，不过谢天谢地，总算可以将就着过了。只是有一件事：他的儿子，也就是我的孙子尼古拉沙，不愿意在教会里做事，进了大学，做医生了。他认为这样好，可是谁知道好不好！这是上帝的神圣的旨意啊。"

"尼古拉沙给死人开膛破肚。"卡嘉说，把水泼翻在膝盖上了。

"好孩子，乖乖地坐好，"外婆平静地说，把她手里的玻璃杯拿下来，"祷告一下就吃饭吧。"

"我们有多少时间没见面了！"主教说，温柔地摩挲他母亲的肩膀和手，"妈妈，当初我在国外的时候想念您,非常想念您。"

"谢谢您。"

"傍晚我常坐在一扇敞开的窗子跟前,孤身一个人,有人奏起乐曲来,我心里忽然充满了思乡之情,似乎我什么都可以不要,只求能够回到家里,见着您就好。……"

母亲微微一笑,满脸放光,可是立刻又做出严肃的脸色,说:

"谢谢您。"

他的心情不知怎的突然变了。他瞧着他的母亲,不明白她的面容和声调为什么显得恭敬而胆怯,为什么要这样,他认不得她了。他心里忧闷,难过。又加上他的头跟昨天一样痛,两条腿十分酸痛,他觉得鱼烧得淡而无味,他老想喝水。……

午饭后有两位阔太太坐着马车来了,这两个女地主沉着脸,沉默地坐了一个半钟头。随后修士大司祭来接洽公务,这人沉默寡言,有点耳聋。后来钟声响了,召人去做晚祷,太阳落到树林后面,白昼过去了。主教从教堂里回来,匆匆祷告一下就上床躺下,盖得暖和一些。

他回想起午饭时候吃的鱼,感到厌恶。月光搅得他心神不定,随后又传来了谈话声。隔壁房间里,大概是在客厅里吧,西索伊神甫正在谈政治:

"现在日本人在打仗。他们正在厮杀。老太太,日本人同黑山人一样,属于同一个种族。它们都受过土耳其的压制。"

后来响起了玛丽雅·季莫费耶芙娜的声音:

"后来,您知道,我们祷告了一阵,喝够了茶以后,就坐上马车到诺沃哈特诺耶村叶果尔神甫那儿去了,后来……"

"喝够了茶"或者"我们喝够了"不断地出现,好像她一生中只知道喝茶似的。主教慢慢地、懒洋洋地回想起宗教学校和宗教学院。他在宗教学校当过三年希腊语教师,那时候他不戴眼镜就没法看书,后来他做了修士,奉派担任学监。接着,他进行了论文答辩。他三十二岁那年就奉派担任宗教学校的校长,升为修士大司祭,那时候,他的生活是那么轻松愉快,这种生活似乎还要过很久,没有一个尽头似的。可是那时候他就开始生病,人也瘦了,眼睛几乎瞎掉,他就遵照医生的嘱咐,只好丢开一切,到国外去了。

"后来怎么样呢?"西索依在隔壁房间里问。

"后来就喝茶……"玛丽雅·季莫费耶芙娜回答说。

"神甫,您的胡子是绿的!"卡嘉忽然惊奇地说,笑起来。

主教想起白头发的西索依神甫的胡子确实带点绿色,就笑了。

"我的天哪,这个小姑娘可真磨人!"西索依大声说,生气了,"惯成这个样子!坐好!"

主教回想起一所全新的白色教堂,他住在国外时就在那个教堂里做礼拜,他还想起温暖的海水的哗哗声。他的一套住宅有五个房间,又高又亮,书房里有一张新的写字台,有藏书。他看很多书,常写文章。他还想起他多么怀念故乡,一个瞎眼的女乞丐天天在他的窗下弹着吉他唱情歌,他听着这种歌,不知什么缘故每次都会想起往事。可是八年过去了,他被召回俄国,现在当了助理教务主教,所有的往事都退到远处去,朦朦胧胧,像是梦境一般。……

西索依神甫举着蜡烛走进卧室里来。

"哎呀,"他惊讶地说,"您已经睡了吗,主教?"

"怎么了?"

"时间还早呢,才十点钟,或许还不到十点。我今天买了一支蜡烛,想用蜡烛油给您擦一擦身子。"

"我发烧……"主教说,坐起来,"真的,应该想办法治一治了。脑袋里不好受。……"

西索依脱掉主教的衬衣,开始用蜡烛油擦他的胸脯和后背。

"这就行了……这就行了……"他说,"主耶稣基督啊。……这就行了。今天我到城里走了一趟,去看望——他叫什么来着?——哦,大司祭西冬斯基。……我在他那儿喝了茶。……我不喜欢他!主耶稣基督啊。……这就行了。……不喜欢!"

三

教区主教是一个很胖的老人,害风湿病或者痛风病,有一个月没有起床了。主教彼得几乎每天都去探望他,代替他接见那些请求帮助的人。现在他自己生病了,才惊奇地感到所有那些再三请托和哭着央求的事情都是那么无聊琐碎,那些人的笨拙和胆怯惹得他生气,这些琐碎而不必要的请求多得不得了,压得他透不过气来,他觉得他现在才了解那位教区主教,这个人当初在年轻的时候写过《意志自由论》,现在却似乎完全陷进琐碎的事务当中,什么都忘掉,也不再想到上帝了。主教在国外待了多年,大概不习惯于俄国的生活了,那种生活对他来说并不轻松,他觉得老百姓粗鄙,那些请托事情的女人乏味而愚蠢,那些宗教学校的学生和他们的教师缺乏教养,有时候很野蛮。收进和发出的公文不下几万件,然而那都是些什么样的公文呀!全教区的监督司祭给老老少少的神甫们,以至他们的妻子儿女,打五分和四分的品行分数,有时候也打三分,关于这些事他必须说话,批阅和草拟严肃的公文。简直连一分钟的空闲也没有,整天战战兢兢,只有到了教堂里,彼得主教才能定下心来。

尽管他性情温和谦虚,他却违背本心,在人们心中引起对他的敬畏,而他无论如何也不能习惯于这种敬畏。全省所有的人,在他瞧着他们的时候,都显得矮小、惊恐、有愧。在他面前,人人胆怯,连年老的大司祭也不例外,大家都"扑通一声"对他跪下。不久以前有一个请求帮助的女人是一个乡村教士的年老的妻子,她吓得一句话也说不出来,就这样走了,毫无所获。他平素在布道的时候从来也不忍心说人们的坏话,从来也不责备一句,因为他怜惜他们,可是接见那些请求帮助的人的时候却常发脾气,冒火,把他们的呈文丢在地上。他在此地的这段时期里,没有一个人诚恳地、爽直地、亲切地跟他讲过话,就连他的老母亲也似乎跟以前不一样,完全不一样了!试问,为什么她跟西索依就能谈得无休无止,不住地发笑,而跟他,跟她的儿子,却那么严肃,照例不大开口,拘束得很,跟她的性格完全不符呢?在他面前行动随便、想说什么就说什么的人只有一个,那就是老头西索依,这个人一辈子跟主教们在一起,先后在十一个主教手下供职。因此,主教跟他相处倒也随随便便,不过,当然,他是个沉闷的、没趣味的人。

　　星期二,主教做完祷告以后,到教区主教家里去,在那儿接见那些请求帮助的人,他激动,生气,然后坐车回家去了。他仍旧觉得身体不舒服,很想到床上去躺一躺;可是他刚到家里,就有人通报说年轻的商人、施主叶拉金来了,有很重要的事求见。只好接见他。

叶拉金坐了一个钟头光景,说话声音很响,差不多在嚷叫,很难听明白他在说什么。

"求上帝保佑,要这样才行!"他临走时说,"务必要这样!看情况吧,主教大人!我希望这样!"

他走后,一个远方的女修道院长来了。等她一走,召人去做晚祷的钟声就响起来,主教得到教堂里去了。

每到傍晚,修士们就唱得和谐,热情洋溢;一个年轻的、留着一把黑胡子的修士司祭主持晚祷,主教听着歌中唱到半夜里来的新郎,唱到装饰华丽的殿堂,他心里感到的不是对罪恶的忏悔,不是悲伤,而是心灵的宁静和休息,他的思想把他带到遥远的过去,带到童年时代和少年时代去,那时候人们也这样唱新郎,唱殿堂,现在这个过去显得那么生动、美丽、欢畅,大概实际上从来也没有这样过吧。也许在另一个世界里,在死后的生活里,我们会带着这样的感情回想遥远的过去,回想我们俗世的生活吧。谁知道呢!主教坐在祭坛的旁边,那儿很黑。眼泪顺着他的脸颊流下来。他心想,凡是处在他的地位所能得到的东西如今他都得到了,他有信仰,然而并非一切都很清楚,他还缺点什么,他不愿意死。他仍然觉得好像缺少一种极重要的、他过去朦胧地想望过的东西,如今,这种对未来的希望还是使他激动,如同在小时候,在宗教学院里,在国外一样。

"今天他们唱得多么好啊!"他留心听着歌声,暗想,"多么好啊!"

四

星期四他在大教堂里主持日祷,行濯足礼。教堂里礼拜结束,人们走散回家的时候,外面阳光普照,温暖而欢乐,水沟里的水潺潺地流动,城外田野里传来云雀的不停的歌唱声,声调温柔,呼吁着安宁。树木已经醒过来,亲切地微笑,在树木的上方,蔚蓝的天空深不见底,广袤无际,上帝才知道它伸展到什么地方去。

彼得主教坐车回到家里,喝够了茶,然后换好衣服,在床上躺下,吩咐侍者关上百叶窗。卧室里昏暗了。可是,多么疲乏呀,他的两条腿和背多么痛,那是一种难以忍受的、阴冷的疼痛。同时,耳朵里嗡嗡地响得好厉害啊!这时候他觉得好像很久没有睡着过,很久很久了,只要他闭上眼睛,就会有一些琐碎事情钻进他的脑子里,不容他睡着。如同昨天一样,旁边那个房间里隔着一堵墙传来说话的声音、玻璃杯的声音、茶匙的声音。……玛丽雅·季莫费耶芙娜正在高高兴兴地对西索依神甫讲一件什么事,言谈中夹杂着俏皮话,西索依神甫却用阴郁不满的声调回答说:"去他的吧!哪能这样!这怎么行!"主教又觉得烦恼,后来甚至难过了,因为他想到老妈妈跟外人在一起很自在,很随便,而跟他,跟她的儿子在一起却胆怯,很少说话,就是开口也不说心里话,他甚至觉得这些天里她在他面前总是找个借口站起来,因为她觉得坐着拘束。那么他的父亲呢?如果他在世,在他儿子面前恐怕会连一句话也说不出来吧。……

隔壁房间里有个什么东西掉在地板上,打碎了,多半是卡嘉把一只茶杯或者茶碟掉在地上了,因为西索依神甫忽然啐了一口唾沫,生气地说:

"跟这个姑娘在一起简直是受罪,主啊,饶恕我这个罪人吧!有多少东西也不够你摔的!"

随后,一切都沉寂了,只有院子里传来一些响声。等到主教睁开眼睛,就看见卡嘉站在他的房间里,一动也不动,瞧着他。她那插着一把小梳子的棕红色头发往上梳,像是一个光圈。

"是你吗,卡嘉?"他问,"是谁在楼底下老是开门关门的?"

"我没听见。"卡嘉回答说,仔细听着。

"喏,现在有个人走过去了。"

"那是您肚子里的声音,舅舅!"

他笑起来,摩挲她的脑袋。

"那么你是说,表哥尼古拉沙常给死人开膛破肚吗?"他沉默一会儿,问道。

"是啊。他在学。"

"他心好吗?"

"没什么,挺好的。只是他喝酒喝得厉害。"

"你父亲是得什么病死的?"

"爸爸身子弱,一个劲儿地瘦下去,后来他的嗓子忽然坏了。那时候我也害起病来,我弟弟费佳也病了,大家的嗓子都坏了。爸爸死了,舅舅,我们倒好了。"

她的下巴开始发抖,眼睛里出现泪水,顺着她的脸蛋儿流下来。

"主教,"她尖声说,已经伤心地哭了,"好舅舅,我们跟妈妈都过得很苦。……给我们一点钱吧……发发善心吧……亲舅舅!……"

他也流泪了,激动得很久说不出一句话来,后来他摩挲着她的脑袋,拍拍她的肩膀,说:

"好,好,姑娘。光辉的基督复活节就要来了,到那时候我们来商量一下。……我要帮助你们。……我要帮助的。"

他的母亲没一点声息,怯生生地走进来,对着圣像祷告一番。她看到他没睡着,就问道:

"您要不要喝点汤?"

"不了,谢谢……"他回答说,"我不想喝。"

"依我看来……您好像生病了。当然啦,哪能不生病呀!一天到晚忙个不停,一天到晚,我的上帝啊,就连看您一眼也叫人心痛哟。嗯,复活节快要到了,您休息一下吧,求上帝保佑,到那时候我们再谈吧,眼下我不想跟您谈话来搅扰您了。咱们走吧,卡嘉,让主教睡一会儿吧。"

他回想从前,很久很久以前,他还是个孩子的时候,她也是这样用一种开玩笑的恭敬口吻在讲话里称呼他监督司祭。……人只有凭她那对异常善良的眼睛、她走出房间的时候匆匆看他一眼的那种胆怯而忧虑的目光,才能猜出来她是他的母亲。他闭上眼睛,好像睡着了,然而有两次听见时钟敲响,还听见西索依神甫隔着墙在咳嗽。他的母亲又走进来,胆怯地瞧了他一会儿。有辆马车驶到了门口,听上去像是一辆轿式马车或者四轮马车。忽然有人敲门,房门砰的一响,侍者走进卧室里来。

"主教大人!"他叫道。

"什么事?"

"马车备好了,该去做纪念基督受难的礼拜了。"

"几点钟了?"

"七点一刻了。"

他穿上衣服,坐车到大教堂去。在念十二节福音的全部时间里,他得站在教堂中央不动,那最长最优美的头一节福音由他亲自念。精神振奋,情绪很好。头一节福音《现在人子受到尊崇》他背得出来,他念的时候偶尔抬起眼睛,看两旁烛光的海洋,听蜡烛的爆裂声,然而像往年一样,他看不见人,觉得周围好像就是以前他童年时代和少年时代在教堂里见到的那些人,觉得以后每年来的都会是同样这些人,这种情况会继续到什么时候为止,那就只有上帝知道了。

彩票集

他的父亲是助祭,祖父是神甫,曾祖父是助祭,他的整个家族也许从俄国接受基督教的时候起就属于宗教界,他对教堂的礼拜,对宗教界和对钟声的热爱,在他是天生的,根深蒂固、无法消除的。在教堂里,尤其是在他参加礼拜的时候,他总感到自己精力充沛,朝气蓬勃,十分幸福。现在也是这样。一直到念完第八节福音,他才觉得他的嗓音弱了,甚至咳嗽声都听不见了,头痛欲裂,他开始不安,生怕自己会当场倒下去。果然,他的两条腿完全麻木,他渐渐不再感到身子下面有腿,不明白自己怎么会站得住,究竟靠了什么站着,为什么没有倒下去。……

等到礼拜结束,那已经是十一点三刻。主教坐车回到家里,立刻脱掉衣服,躺下去,甚至没有对上帝祷告一下。他说不出话来,而且觉得再也站不住了。等到他盖好被子,他却忽然起意要到国外去,这种渴望简直难忍难熬!好像他宁可牺牲性命,只求别再看到这些寒碜的、廉价的百叶窗和低矮的天花板,别再闻到这种浓重的修道院气味。哪怕能找到一个可以谈一谈,可以吐露衷曲的人也好!

隔壁房间里有一个什么人的脚步声响了很久,他无论如何也想不起这个人是谁。最后房门开了,西索依举着一支蜡烛走进来,手里拿着一个茶碗。

"您已经躺下啦,主教大人?"他问,"现在我来,是打算用加了醋的白酒给您擦一擦身子。要是擦得透,那可有很大的好处。主耶稣基督啊。……这就行了。……这就行了。……刚才我到我们的修道院里去了一趟。……我不喜欢!明天我就要离开此地,主教大人,我不愿意再待下去了。主耶稣基督啊。……这就行了。……"

西索依不能在一个地方久住,他觉得他在潘克拉契耶夫斯基修道院里似乎已经住了整整一年了。主要的是从他的话里谁也弄不懂他的家在哪儿,他是否喜爱过什么人或者什么东西,他是否信仰上帝。……他自己也不明白为什么他当了修士,而且这个问题他根本就没想过,至于他是在什么时候成为修士的,在他的记忆里也早已模模糊糊了,好像他一生下来就是个修士似的。

"我明天就走。求上帝保佑他,保佑所有的人吧!"

"我本想跟您谈一谈……一直也抽不出工夫来,"主教费力地小声说,"要知道,我在这儿什么人也不了解,什么事也不清楚。"

"承您的情,我住到星期日再走,就这样吧,反正我不愿意再待下去了。去他们的!"

"我算是什么主教呢?"主教小声地接着说,"我情愿做个乡村教士,做个教堂执事……或者做个普通的修士。……这儿的一切都压得我透不过气来……压得我透不过气来。……"

"什么?主耶稣基督啊。……这就行了。……好,您睡吧,主教大人!……您说的是些什么呀!这哪儿行啊!祝您晚安!"

主教通宵没有睡着。早晨大约八点钟,他开始肠出血。修士吓坏了,先是跑到修士大司祭那儿去,后来又跑去请住在城里的修道院医生伊凡·安德烈伊奇。那位医生是一个身子发胖的老人,留着又长又白的胡子,他为主教诊查了很久,不住地摇头,皱眉,然后说:

"您猜怎么着,主教大人?要知道,您得了伤寒啦!"

由于流血,主教不出一个钟头就变得很瘦,很苍白,很憔悴了,他脸上起了皱纹,眼睛大了,仿佛他苍老了,身材矮小了,他自己也觉得他比所有的人都瘦,都弱,都无足轻重,他觉得以往发生过的事都退到很远很远的一个地方去,再也不会重现,再也不会延续下去了。

"这多么好啊!"他暗想,"这多么好啊!"

他的老母亲来了。她一看见他那起了皱纹的脸、他那双大眼睛,就大吃一惊,在他的床前跪下来,开始吻他的脸、肩膀和两只手。不知什么缘故,她也觉得他比所有的人都瘦,都弱,都无足轻重了。她已经不记得他是个主教,却像吻一个十分贴心的、至亲的孩子那样吻他了。

"巴甫鲁沙,亲爱的,"她开口说,"我的亲人!……我的亲儿子啊!……你怎么变成这样啦?巴甫鲁沙,你回答我的话呀!"

卡嘉脸色苍白,神情严峻,站在一旁,不明白她的舅舅出了什么事,为什么她外婆脸上的神情那么痛苦,为什么她说出这么动人而哀伤的话来。他呢,已经一句话也说不出来,什么也不明白了,只觉得自己好像成了一个普通的、平常的人,在田野上兴高采烈而且很快地走着,手里的拐杖敲打着地面,头顶上是广阔的天空,阳光普照,他现在自由了,像鸟一样爱到哪儿去就可以到哪儿去了!

"亲儿子,巴甫鲁沙,你回答我的话呀!"老妈妈说,"你怎么啦?我的亲人!"

"不要打搅主教大人了,"西索依在房间里走来走去,生气地说,"让他睡一会儿吧。……用不着说了……还有什么可说的呢!……"

三位医生坐车来了,会诊一下,然后就走了。白昼很长,长得出奇,随后来了夜晚,很久很久才过去,星期六凌晨,侍者走到睡在客厅里一张长沙发上的老妈妈跟前,请她到卧室里去一趟:主教去世了。

第二天是复活节。城里有四十二座教堂和六个修道院,洪亮欢畅的钟声从早到晚在城市上空响个不停,激荡着春天的空气,鸟雀齐鸣,太阳灿烂地照耀。在集市的大广场上人声鼎沸,秋千摆动,手摇风琴响起来,手风琴尖声地叫,不时传来醉醺醺的说话声。大街上,过了中午,骑着快马的闲游开始了,一句话,大地欢腾,一切顺利,如同去年一样,而且明年多半也会这样。

一个月以后,一个新的助理教务主教奉派上任,谁也不会想起彼得主教了。后来他就被人完全忘了。只有死者的母亲,那个老妈妈,如今住在一个偏僻的小县城她那当助祭的女婿家里,每逢傍晚出门去找她的奶牛,在牧场上遇到别的女人,讲起儿女,讲起孙辈的时候,才会讲到她有过一个当主教的儿子,她讲得很胆怯,生怕人家不相信她的话。……

的确,并不是所有的人都相信她的话。

在 路 上

一朵金黄色的浮云,

停在悬崖巨人的胸膛上过夜。……①

莱蒙托夫

小饭铺里有一个房间,小饭铺的主人,哥萨克谢敏·契斯托普留依,称之为"客房",也就是专供过路的行人留宿的。这时候房间里有个高身量和宽肩膀的

---

① 俄国诗人莱蒙托夫的诗篇《悬崖》中的头两行。——俄文本编者注

男人,年纪四十上下,在没上过漆的大桌旁边坐着。他把胳膊肘撑在桌子上,两个拳头支住头,睡着了。一支油烛插在本来盛香膏的小罐里,如今只剩下一截烛头,照着他那淡褐色的胡子、粗大的鼻子、晒黑的脸颊和乌黑的浓眉,那两道眉毛很长,竟然挂在闭紧的眼睛上了。……他的相貌,拆开来看,鼻子也罢,脸颊也罢,眉毛也罢,都又粗又大,就跟"客房"里的家具和火炉一样,然而合在一起,倒也互相配称,甚至有点英俊了。这也正是所谓天数,俄国人的脸容往往是这样:五官越是粗大突出,相貌反而显得越发温和忠厚。这个男人穿着上流人的上衣,不过已经很旧了,用宽阔的新绦子滚了一道边。另外,他还穿着棉绒的坎肩和肥大的黑长裤,裤腿塞在大皮靴里。

沿墙放着一排长凳,连绵不断,其中一条长凳上睡着一个小女孩,八岁左右,穿一件小小的深棕色连衣裙,脚上穿着黑色长袜,身子底下铺着狐皮大衣。她脸蛋白净,头发浅黄,肩膀窄小,整个身子消瘦而单薄,不过鼻子挺大,像一个粗大难看的肉疙瘩,也跟那个男人一样。她睡得沉酣,没有感到她的半圆形梳子已经从头上掉下来,刺着她的脸了。

这间"客房"有过节的气氛。空中弥漫着新刷过的地板的气味。一根绳子悬在空中,斜穿过整个房间,平时是晾衣服用的,现在却没挂什么东西。墙角上,桌子上方点着一盏长明灯,在常胜者圣乔治的圣像上投下一团红光。从圣像起,墙角两侧排着两行民间木版画,依照极严谨的顺序从神的世界过渡到人的世界。在烛头的昏光和长明灯的红光下,那些图画好像成了一条绵延不断的长带,上面布满黑色的墨点,不过有的时候瓷砖火炉要跟天气同声合唱,呜呜响地把空气吸进去,炉中的木柴仿佛睡醒了,燃起明亮的火焰,气呼呼地咆哮,于是木墙上有些红色的光点开始跳动,借此可以让人看见在睡熟的男人头上忽而出现长老谢拉菲木,忽而出现波斯王纳斯尔-厄丁,忽而出现一个深棕色的胖娃娃,瞪大眼睛,凑着一个少女的耳朵低声说话,那少女生着一张异常呆板淡漠的脸。……

恶劣的天气正在房外闹腾。不知一个什么东西发了疯,狂暴凶狠,可是又深深不幸,在小饭铺周围窜来窜去,像野兽那样狰狞,极力要冲进屋里来。它拍响房门,敲打窗子和房顶,乱抓墙壁,时而气势汹汹,时而不住哀求,时而沉寂片刻,随后又带着欢畅而阴险的吼声钻进火炉的烟囱里来,可是这当儿木柴熊熊地燃起来,炉火好比套着链子的狗,怒气不息地迎着敌人冲过去,于是格斗开始,这以后就是哀号,尖叫,咆哮如雷。在这一片响声中,人可以听出一个过去习惯于打胜仗的生物如今却感到咬牙切齿的悲伤,满腔仇恨没处发泄,受尽欺侮而又无力还手。……

这间"客房"被野蛮的、非人的音乐镇住,似乎永远僵死,不能苏醒了。可是后来房门吱扭一响,小饭铺的学徒穿着细棉布的新衬衫走进房来。他一条腿有点瘸,眨巴着睡意蒙眬的眼睛,伸出手指去掐掉烛花,在火炉里添些木柴,又走出去了。立刻,离小饭铺三百步远，罗加契村的教堂开始鸣钟，报告午夜到了。风戏弄钟声就跟戏弄大片的飞雪一样。它追逐钟声，害得它们在广阔的天地间转来转去，结果有的钟声一下子中断，或者拖成长声，时高时低，有的钟声全然消失在原有的那片闹声中。有一个钟声特别清楚地在房间里飘荡，仿佛原就在窗子跟前敲响的。躺在狐皮上的女孩打个冷战，抬起头来。她茫茫然看一会儿乌黑的窗子，看一会儿这时候正好被紫红色炉火照亮的纳斯尔-厄丁，然后把目光移到睡熟的男人身上。

"爸爸!"她说。

可是男人没有动弹。女孩气愤地皱紧眉头，躺下去，蜷起腿。房门外边，小饭铺里，有个人打了个响亮的长呵欠。紧跟着传来门上滑轮的尖叫声和含糊的说话声。有个人走进来，抖掉身上的雪，沉重地顿着两只穿毡靴的脚。

"啥事?"一个女人的声音懒洋洋地问。

"伊洛瓦依斯卡雅小姐来了……"一个男低音回

答说。

门上的滑轮又尖叫起来。大风呼的一响冲进门口。有个人,大概就是瘸腿的学徒,跑到"客房"门前来,恭敬地清一下喉咙,碰碰门闩鼻。

"请到这间屋里来,大小姐,"一个女人的歌唱般的声音说,"我们这个房间挺干净,美人儿。……"

房门敞开了,门口出现一个大胡子农民,穿着马车夫的长襟外衣,肩上扛一口大皮箱,从头到脚都是雪。在他身后紧跟着进来一个女人的身子,既看不到她的脸,也瞧不见她的手,身量不高,几乎比马车夫矮一半,周身裹得严严实实,活像一个包袱,上下沾满了雪。马车夫和"包袱"带来一股好像地下室里冒出的潮气,烛火也闪摇起来了。

"真是胡闹!""包袱"愤愤地说,"本来可以挺好地赶路嘛!只剩下十二俄里的路程了,大都是穿过树林,不会迷路的。……"

"会迷路也罢,不会迷路也罢,可是马不肯走了,小姐!"马车夫回答说,"主啊,这是你的旨意,倒好像我故意不走似的!"

"上帝才知道你把我们送到哪儿来了。……不过,小声点。……这儿好像有人睡觉呢。你出去吧。……"

马车夫把皮箱放在地板上,同时肩膀上撒下一片片白雪来。他吸溜一下鼻子,走出去了。随后女孩看见从"包袱"的中部钻出两只小小的手,举到上边,生气地解开一大堆头巾、围巾、披巾。起初地板上掉下一块大披巾,后来又掉下一顶风帽,再后掉下一块白色的针织头巾。这个过路的女人卸掉头上戴着的种种东西,再脱下肥大的外套后,她的外形就顿时缩小一半。现在她身上穿一件灰色长大衣,钉着大纽扣,衣袋鼓鼓囊囊。她从一个衣袋里取出一个纸包,里面包着不知什么东西,又从另一个衣袋里取出一长串钥匙,漫不经心地随手一丢,惊得睡熟的男人打一个冷战,睁开眼睛。他呆瞪瞪地往两旁看一会儿,仿佛不明白他是在什么地方似的,随后摇一下头,走到墙角边坐下。……过路的女人脱掉了大衣,因而外形又缩小一半,然后脱下棉绒的长靴,也坐下来。

现在她再也不像包袱了。原来她是个矮小清瘦的黑发女人,年纪二十上下,身子细得像条蛇,生着白净的鹅蛋脸和卷曲的头发。她的鼻子长而尖,下巴也长而尖,睫毛挺长,嘴角却尖,由于处处都尖,她脸上也就显得带点凶相。她穿着紧身的黑色连衣裙,领口上和袖口上镶着大量花边,臂肘尖尖的,粉红色的小手指很长,因而她的模样很像中世纪英国贵妇的肖像。她脸上那种严肃而聚精会神的表情越发加强了这种相似。……

黑发女人环顾整个房间,斜起眼睛瞧一下男人和女孩,耸了耸肩膀,移到窗子跟前坐下。潮湿的西风刮得乌黑的窗子发抖。大片雪花白茫茫的,落在窗玻璃上,可是立刻被风刮走,不见了。野蛮的音乐越发强烈了。……

经过长久的沉默以后,女孩忽然翻一个身,开口说话了,气愤地咬清每个字的字音:

"主啊!主啊!我多么不幸!比所有的人都不幸呀!"

男人站起来,迈着负疚的碎步往女孩那边走过去,这样的步态跟他魁梧的身材和大胡子却完全不相称。

"你没睡着吧,小乖乖?"他用抱歉的口气问,"你要干什么?"

"我什么也不要!我肩膀痛!爸爸,你这个人真不好,上帝会惩罚你!你等着瞧吧,会惩罚你的!"

"我的好孩子,我知道你肩膀痛,可是我有什么办法呢,小乖乖?"男人用喝醉酒的丈夫对严厉的妻子道歉的口吻说,"你,萨霞,是因为路上辛苦才肩膀痛的。明天我们到了目的地,休息一下,就会好的。……"

"明天,明天……你天天跟我说明天。我们还要走二十天呢!"

"可是,小乖乖,爸爸用人格担保,明天我们一准会到。我从没说过谎话,不过要是暴风雪挡路,那就不能怪我了。"

"我再也受不住了!我办不到,办不到了!"

萨霞使劲踢蹬腿,弄得满房间响起她那尖利刺耳的哭号声。她父亲摆一摆手,茫然失措地瞧着黑发女人。那一个就耸了耸肩膀,迟疑不决地走到萨霞跟前。

"你听我说,亲爱的,"她说,"何必哭呢?不错,肩膀痛是不好受的,可是有什么办法呢?"

"您瞧,小姐,"男人很快地讲起来,仿佛为自己辩白似的,"我们有两夜没睡,一直坐着糟糕的马车赶路。是啊,当然,她生病和心烦都是自然的。……再加上,您要知道,我们碰上个喝醉酒的马车夫,我们的一口箱子被人偷去了……风雪又始终不停,可是,小姐,哭有什么用呢?不过,这么坐着睡觉却使得我劳乏,我像喝醉了似的。真的,萨霞,就是你不闹,也已经叫人难受得恶心了,可是你还要哭!"

男人摇着头,挥一下手,坐下来。

"当然,你不该哭,"黑发女人说,"只有小娃娃才哭。要是你痛,亲爱的,那就应该脱掉衣服睡觉。……我来给你脱!"

等到女孩脱掉衣服,安静下来,沉默就又来了。黑发女人在窗旁坐下,纳闷地瞅着小饭铺的这个房间、圣像、火炉。……不论是房间,还是生着大鼻子、穿着男孩的短衬衫的女孩和女孩的父亲,分明都使她暗自纳罕。那个奇怪的男人坐在墙角边,神思恍惚,像个醉汉,瞧着两旁,伸出手掌来揉脸。他沉默不语,眯着眼睛。瞧着他那负疚的神态,人家很难断定他马上就会开口讲话。然而他却首先开口了。他摩挲着膝头,清一下喉咙,微微一笑,说:

"这是一出喜剧,真的。……我瞧啊瞧的,都不相信自己的眼睛了:是啊,命运把我们打发到这个不像样的小饭铺里来,搞的是什么名堂呀?这究竟是什么意思呢?有的时候,生活会干出翻跟头①之类的把戏,惹得你瞧着只能莫名其妙地眨眼。您,小姐,要走远路吗?"

"不,不远了,"黑发女人回答说,"我们的庄园离这儿有二十俄里光景,我从那儿出来,要到我们的一个农庄上去找我的父亲和哥哥。我姓伊洛瓦依斯卡雅,那个农庄就叫伊洛瓦依斯科耶,离这儿大约有十二俄里远。多么糟糕的天气!"

"再糟也没有了!"

瘸腿的男孩走进来,把一个新烛头插在香膏罐里。

"你,孩子,给我们烧个茶炊吧!"男人对他说。

"现在还有谁喝茶?"瘸腿的学徒笑嘻嘻地说,"望弥撒以前喝茶是有罪的。"

"没关系,孩子,反正入地狱,遭火烧的不是你,是我们。……"

---

① 原文为意大利语。

喝茶的时候,两个新相识攀谈起来。伊洛瓦依斯卡雅这才知道跟她谈话的人名叫格利果利·彼得罗维奇·里哈烈夫,也就是邻县首席贵族里哈烈夫的亲弟弟,本人原先也是地主,然而"早已破产"了。然后里哈烈夫听伊洛瓦依斯卡雅说起,她叫玛丽雅·米海洛芙娜,她父亲有大宗田产,然而掌管家业的却只有她一个人,因为她父亲和哥哥懒得管事,无忧无虑,只喜欢养猎狗。

"我父亲和哥哥住在田庄上,很是孤单,"伊洛瓦依斯卡雅说着,活动她的手指头(她谈话的时候有个习惯,喜欢在她的尖脸前边晃动手指头,每说完一句话就伸出尖尖的小舌头舔一下嘴唇),"他们,这两个男人,都是无忧无虑的人,就是自己的事也不肯动一下手指头。我想不出,开斋的时候有谁弄东西给他们吃!我们的母亲不在了,我们的仆人又不中用,我不在,他们就连一块桌布也铺不好。现在父亲和哥哥的处境如何,就可想而知了!他们在那儿没法开斋,我却不得不在这儿坐一夜。这真是莫名其妙!"

伊洛瓦依斯卡雅耸了耸肩膀,呷一口茶,说:

"某些节日有一种特别的意味。每到复活节、三一节、圣诞节,空中自有特别的气氛。就连不信神的人也喜欢这些节日。比方说,我哥哥平时口口声声说没有神,可是一到复活节,他总是头一个跑去做晨祷。"

里哈烈夫抬起眼睛瞧着伊洛瓦依斯卡雅,笑起来。

"人们口口声声说神是没有的,"伊洛瓦依斯卡雅也笑起来,继续说,"可是,请您告诉我,有名的作家、学者,总之聪明人,为什么到了晚年总是信神呢?"

"凡是青年时期不善于信仰的人,小姐,哪怕他是个大作家,到了老年也还是不会信仰什么的。"

从咳嗽声听来,里哈烈夫的说话声该是男低音,然而这当儿,他大概害怕说话声太响,或者因为过于拘

谨,他却用次中音说话。他沉默一会儿,叹口气,说:

"我是这么理解的:信仰是一种精神的能力。它跟才能一样,是与生俱来的。我凭自己,凭我这辈子见过的那些人,凭我周围发生过的种种事情来判断,这种能力是俄国人个个都有的,而且达到了极高的水平。俄国的生活就是连绵不断的一系列信仰和热衷,至于无信仰和否定,那么,不瞒您说,俄国人至今还没有领教过呢。如果俄国人不信神,那就等于说他信仰别的东西。"

里哈烈夫从伊洛瓦依斯卡雅手里接过茶杯,一口气喝下半杯,继续说:

"我来跟您谈一谈我自己吧。大自然在我的灵魂里放进一种异乎寻常的信仰能力。我这半辈子……这话不要在晚上说才好……一直是无神论者和虚无主义者,然而我有生以来没有一个钟头没有信仰。一切才能照例都在人很小的时候显出来,所以我的信仰能力也是当我还在桌子底下走来走去的时候就表现出来的。我母亲喜欢叫孩子多吃东西,她每次给我吃饭,总是说:'吃吧!人生在世第一要紧的是吃汤!'我相信了,就一天喝十次汤,像鲨鱼那样吞下去,喝得我大倒胃口,几乎昏厥过去。保姆常讲神话,于是我相信家神,相信树精,相信各种妖魔鬼怪。我常在父亲那儿偷点升汞,把它撒在蜜糖饼干上,送到阁楼上去,您知道,这是要让家神吃了死掉。等到我学会读书,看懂我读的书的时候,那就更起劲了!我一会儿要跑到美洲去,一会儿要入伙做强盗,一会儿要进修道院去修行,一会儿雇些孩子来为信奉基督而鞭笞我。请注意,我的信仰总要见之于行动,不是光想想的。既然我要跑到美洲去,那就不是一个人去,而是劝一个跟我同样的傻瓜一块儿去,临到在城外冻得要死,而且挨了一顿打,我反而挺高兴呢。既然我入伙去做强盗,就一定给人打得鼻青眼肿才回来。您瞧,多么不安宁的童年啊!等到家里把我送进中学,我在那儿学到各种真理,例如地球绕着太阳旋转,或者白色不是白的,而是由七种原色合成的,我听得头都昏了!我脑子里乱糟糟的,时而想到约书亚①能使太阳停留,时而想到母亲以先知伊利亚的名义否定避雷针,时而想到父亲对我了解的真理漠不关心。可是我的新知识鼓舞着我。我在家里,在马房里像着了魔似的走来走去,宣扬我的真理,为人们的愚昧心惊胆战,痛恨那些认为白色只是白色的人。……不过,这都是小事,都是孩子气的行径。所谓严肃的、成人的热衷是从我进大学开始的。您,小姐,进学校念过书吧?"

"我在诺沃切尔卡斯克城的顿河贵族女子中学里念过书。"

"那么没念过高等学校?这样看来,您不知道学问是什么东西。各种学问,把世界上所有的学问统统算在内,都有一个同样的特点,缺了它,任何学问都会

---

① 据《圣经》传说,约书亚是继摩西之后的犹太人的首领。《旧约·约书亚记》载:约书亚之所以能战胜敌人,是因为他能使整个自然界都受他的支配,他能叫河流停止流动,太阳停留……

毫无意义,那就是追求真理!每一门学问,哪怕是生药学之类,其目的也不在于追求利益,不在于追求生活上的便利,而在于追求真理。了不起啊!您着手研究某种学问,首先使您震惊的是它的开端。我跟您说吧,再也没有什么东西比一门学问的开端更吸引人,更宏伟,更震动人,更能使人透不过气来的了。一开头,您刚听过五六堂课,最灿烂的希望就已经使得您精神抖擞,您就觉得自己成为真理的主人了。我呢,就把我自己毫无私心地、满腔热情地献给各种学问,就像献给心爱的女人一样。我成了它们的奴隶,除了它们以外,我不愿意承认另外还有什么太阳。我日日夜夜埋头钻研,死背强记,硬啃书本,见到有人为个人目的利用科学,就痛哭失声。不过我入迷不算久。问题在于每一门学问固然有开端,可是简直没有结尾,犹如循环小数一样。动物学发现三万五千种昆虫,化学发现六十种元素。将来这些数字后边即使加上十个零,动物学和化学离着结束也仍旧会像现在这样遥远,当代的全部科学工作恰好就在于扩大数字。我正是在发现第三万五千零一种昆虫,却没感到满足的时候才领悟这个道理的。是啊,不过我也没有绝望,因为不久就有新的信仰把我抓住了。我一头扎进虚无主义①以及它的宣言、黑分派②和诸如此类的玩意儿里去了。我到民间去,在工厂做工,当润滑工人,做纤夫。后来我走遍俄国,阅历了俄国生活,就变成这种生活的热烈崇拜者了。我热爱俄罗斯民族,爱得心都痛了。我热爱而且相信它的上帝、语言、创作。如此等等。有一个时期我成了斯拉夫派③,常写信去打搅阿克萨柯夫④。我做过乌克兰派⑤,研究过考古学,收集过民间创作的优秀作

---

① 指俄国民粹派革命运动。
② 俄国1879年从"土地与自由党"中分化出来的一个民粹派组织。
③ 俄国19世纪40和50年代的一种社会思想流派,主张俄国社会发展的独特道路,公社、正教、国家政权和人民的"结合"。
④ 指康·谢·阿克萨柯夫(1817—1860),俄国斯拉夫派的领袖。他的弟弟伊·谢·阿克萨柯夫(1823—1886)和他持同样观点。
⑤ 俄国19世纪在乌克兰发生的民族运动,宣扬保存和发展乌克兰民族的语言、文学、文化的独特性。

品。……我对各种思想、人物、事件、地点都入过迷……一刻也没有间断过！五年前我致力于否定私有财产,我最近的信仰是勿抗恶。"

萨霞断断续续地叹着气,身子开始活动。里哈烈夫站起来,向她那边走去。

"我的好孩子,你想喝茶吗?"他温柔地问道。

"你自己去喝吧!"女孩粗鲁地回答说。

里哈烈夫窘住了,迈着负疚的步伐走回桌旁。

"这样看来,您生活得很快活,"伊洛瓦依斯卡雅说,"有许多事情可以回忆呢。"

"嗯,是啊,在坐着喝茶,有一个好同伴可以谈天的时候,倒是挺快活的,不过您不妨问一声,我为这种快活付出过多大的代价。我的生活称得上丰富多彩,可是我付出了什么样的代价呀?要知道,小姐,我不是像德国哲学博士那样信仰,不是装模作样,我也不是在沙漠里生活,我的每一种信仰都使我疲于奔命,焦头烂额哟。您自己来下断语吧。原先我很富裕,跟我的哥哥一样,可是如今却成了叫花子。在那些昏天黑地的入迷岁月里,我既花光了自己的财产,又花光了妻子的财产,还花掉别人很多钱。现在我四十二岁,老年近在眼前了,我却无家可归,就像黑夜里车队丢下的一条狗。我一生一世从没领略过什么叫安宁。我的灵魂不断地苦恼,我甚至为各种希望痛苦。……我干种种繁重杂乱的工作,累得筋疲力尽,我忍饥受寒,我坐过五次监狱,我步履艰难地走遍阿尔汉格尔斯克省和托博尔斯克省①,……回想起来都心痛哟!我生活过,可是在那些昏天黑地的岁月里并没有感觉到我在生活。信不信由您,我记不起随便哪年春天的情景,也从没留意过我的妻子怎样爱我,我的孩子们怎样诞生。我还能给您讲些什么呢?我驱使一切爱我的人遭到不幸。……喏,我的母亲已经为我悲伤了十五年,我那些高傲的弟兄不得不为我痛心,脸红,低头,花钱,到头来

---

① 指流放到遥远地区。

痛恨我就跟痛恨毒药一样。"

里哈烈夫站起来,又坐下去。

"如果仅仅是我自己不幸,我倒要感谢上帝了,"他没瞧着伊洛瓦依斯卡雅,继续说,"每逢我想起在那些入迷的岁月我常常做出荒唐的事,背离真理,不公平,残酷,危害别人,我个人的不幸倒显得无足轻重了!那些我应当热爱的人,我常常多么痛恨而且藐视啊,反过来,有些应该痛恨而且藐视的人,我却常常热爱。我变过一千次心。今天我信仰,膜拜,可是明天我却像胆小鬼似的躲开我今天的神和朋友,逃之夭夭,只好忍气吞声地听着人家在背后骂我坏蛋。只有上帝才看见我怎样常常为我的入迷害臊得哭泣,咬我的枕头。我有生以来一次也没故意说过谎话,做过坏事,然而我的良心却不清白!小姐,我甚至不能夸口说我的良心没有承担过害死人命的罪孽,因为我的妻子就是看不惯我的胡闹,在我眼前憔悴而死的。是的,我的妻子!您听我说,目前,在我们的社会生活里,盛行着两种对待女人的态度。有些人测量女人的颅骨,打算证明女人比男人低下。他们寻找女人的缺点,以便嘲笑她们,在她们眼里显出男人高明,为男人的兽性辩护。另一些人却竭尽全力把女人提高到自己水平上来,也就是逼她们背诵三万五千种昆虫,照男人所说和所写的那样说些和写些蠢话。……"

里哈烈夫的脸阴沉下来。

"我告诉您说吧,女人素来是而且将来也还会是男人的奴隶,"他用男低音讲起来,伸出拳头捶一下桌子,"女人是又柔又软的蜡,男人要把她捏成什么样,就总能捏成什么样。主啊,我的上帝,为了男人所热衷的无聊事情,女人往往不惜剪短头发,抛弃家庭,死在异乡啊。……女人为种种思想牺牲自己,可是其中没有一个是女人的思想。……舍己为人、忠心耿耿的奴隶!我没量过颅骨的大小,我是根据沉痛辛酸的经验说这种话的。如果我有机会把我所热衷的事情告诉她们,那么就连最高傲、最有主见的女人也会不假思索地跟着我走,问也不问一声,我要她做什么,她就做什么。我曾经把一个修女改造成虚无主义者,后来我听说,她开枪打死一个宪兵。我的妻子在我漂泊期间一分钟也没离开过我,并且像风向标似的,随着我改变入迷的对象,也改变她的信仰。"

里哈烈夫跳起来,在房间里走来走去。

"至高无上的奴性啊!"他把两只手合在一起,说,"女人生活的高尚意义恰好就在于此!我跟女人交往的整个时期,在我头脑里积累下种种杂乱无章的印象,可是其中像经筛子筛过那样保留在我记忆里的,却不是思想,不是聪明的话语,不是哲学,而是这种异乎寻常的对命运百依百顺的态度,这种不同凡响的宽恕一切的善心。……"

里哈烈夫握紧拳头,呆望着一个地方出神,脸上现出热烈而紧张的表情,仿佛在推敲每个字眼似的,从咬紧的牙关里吐出他的话来:

"……以及这种……这种宽宏大量的坚忍精神,

彻头彻尾的忠诚,心灵的诗。……生活的意义恰好就在于这种毫无怨言的殉道精神,在于这种能把顽石也泡软的眼泪,在于这种宽恕一切的无限热爱,这种热爱给混乱的生活带来光明和温暖。……"

伊洛瓦依斯卡雅慢慢地站起来,往里哈烈夫跟前迈出一步,定睛瞅着他的脸。凭他睫毛上闪着的泪光,凭他颤抖而热烈的声调,凭他脸颊上的红晕,她看得清楚:女人并不是偶然出现的话题,也不是简单的话题。女人是他新近着迷的对象,或者按他的说法,新的信仰对象!伊洛瓦依斯卡雅生平第一次亲眼看见一个着迷的、热烈信仰的人。他不住做手势,眼睛闪闪发光,依她看来,就跟发了狂,着了魔一样,然而他眼睛的光芒、他的话语、他整个魁梧身材的动作,却显得那么优美,她连自己也没理会,竟在他面前站住,像生了根似的,热情洋溢地瞧着他的脸。

"您就拿我的母亲来说吧!"他讲道,向她伸出手去,做出恳求的脸色,"我毒害了她的生活,而且按她的看法,我败坏了里哈烈夫家族的门风,我给她带来了只有最恶毒的敌人才能带来的那么多祸害,可是,怎么样呢？我的弟兄常给她几个小钱供她在教堂里买圣饼,做祈祷用,她呢,却按捺住她的宗教感情,把那些钱攒起来,悄悄地打发人送给她那不成器的格利果利！单是这件小事就远比一切理论、聪明的话语、三万五千种昆虫更强有力地教育和提高人的灵魂！这样的例子我可以给您举一千个。喏,就拿您来说！外边是暴风雪,黑夜,您呢,却坐着雪橇赶到您哥哥和父亲那边去,为的是在节日用您的照拂使他们感到温暖,其实,说不定,他们并没想念您,把您忘记了。您等着瞧吧,您爱上一个人,就会跟着他到北极去。您会去的,不是吗？"

"是的,如果……我爱他的话。"

"说的就是啊！"里哈烈夫高兴地说,甚至顿一下脚,"真的,我跟您认识,高兴极了！我的命运太好,我总是遇见好人。不论哪一天我都能结识这种人,为这种人我简直甘愿献出我的生命。在这个世界上,好人远比坏人多。您看怪不怪,我和您已经开诚相见,掏出心来谈话了,就跟相识了一百年似的。我跟您说吧,有的时候一个人克制自己十年之久,沉默寡言,不愿意向朋友和妻子倾吐衷曲,可是在火车上遇到一个军事学校的学生,却把心里的话都对他倒出来了。我还只是第一次荣幸地跟您见面,可是我却直言不讳地向您讲出我心底里的话,在这以前,我可从来没有这样做过。这是什么缘故呢?"

里哈烈夫搓着手,快活地微笑,在房间里走来走去,又讲起女人。这当儿教堂里打起钟来,召人去做晨祷。

"主啊!"萨霞哭起来,"他说个没完,不容人睡觉!"

"啊,对了!"里哈烈夫醒悟过来说,"这怪我不好,小乖乖。你睡吧,睡吧。……除了她,我还有两个男孩,"他小声说,"他们,小姐,都在伯父家里住着,这一个呢,缺了父亲就一天也活不下去。她难过,抱怨,可是缠住我不放,就跟苍蝇见了蜜似的。我,小姐,唠叨得太多,恐怕您也该休息了。我给您铺床,可以吗?"

他没等她许可,就把那件湿外套抖搂一下,在长凳上铺开,毛皮朝上,然后把丢在那里的披巾和头巾收集在一处,把大衣卷成筒状,当作枕头。他默默地做着这些事,脸上现出卑顺的崇敬神情,倒好像他手里摆弄的不是女人的衣物,而是圣器的碎片似的。他全身露出负疚而困窘的神态,仿佛他在一个弱女子面前为他的身量和力气觉得难为情似的。……

等到伊洛瓦依斯卡雅躺下,他就熄掉蜡烛,在火炉旁边的矮凳上坐下。

"是啊,小姐,"他小声说,点上一支粗纸烟,把烟雾喷到火炉里,"大自然赐给俄国人异乎寻常的信仰能力、追根究底的智慧、苦思冥想的才能,然而这些东西一碰到闲散、懒惰以及轻率的幻想,就都粉碎了。……真的,小姐。……"

伊洛瓦依斯卡雅惊奇地瞅着黑暗,只看得见圣像上面的一块红光和里哈烈夫脸上闪烁着的炉中火光。黑暗、钟声、风雪的怒号、瘸腿的学徒、抱怨的萨霞、不幸的里哈烈夫以及他那番话,统统混在一起,形成一个庞大的印象,上帝创造的这个世界在她心目中显得光怪陆离,充满奇迹和魅力。刚才听到的一番话还在她耳朵里响着,人类的生活,依她看来,就跟一篇优美的、饶有诗意的、没有结局的神话似的。

庞大的印象越变越大,使得她的知觉越来越模糊,终于把她送进了睡乡。伊洛瓦依斯卡雅睡着了,不过仍旧看见长明灯和大鼻子,一块红光在那鼻子上跳动。

她听见哭声。

"亲爱的爸爸,"孩子的声音温柔地恳求说,"我们回到伯父家里去吧!那儿有圣诞树!斯捷巴和柯里亚也在那儿呢!"

"我的小乖乖,我有什么办法呢?"男人用男低音柔声劝说道,"你要明白我的话才好!是啊,要明白才好!"

孩子的哭声外,又添上了男人的哭声。在风雪的怒号声中,这种人类悲伤的声音飘进姑娘的耳朵里,像是富于人情味的美妙音乐,使她听得心醉神迷,禁不住也哭了。随后她听见那巨大乌黑的阴影悄悄走到她跟前来,拾起掉下地的披巾,盖在她的腿上。

后来,有一种奇怪的喊叫声把伊洛瓦依斯卡雅惊醒了。她跳起来,惊奇地看一下周围。窗子有半截埋在雪里,蓝色的曙光隔着窗子照进来。房间里满是灰白色的昏光,从中清楚地显出火炉、睡熟的女孩、纳斯尔-厄丁的轮廓。火炉和长明灯都熄了。从敞开的门口望出去,可以看见小饭铺的大房间以及那儿的柜台和桌子。有一个人,长着一张呆板的、茨冈人的脸,站在大房间中央,睁着惊讶的眼睛,脚下是一摊溶化的雪水,手拿一根木杖,上边有一颗大红星。一群小男孩在他四周站着,纹丝不动,像是些塑像,身上沾满雪。星光照透红纸,染红了他们的湿脸。这群人扯开嗓子唱

歌,歌声杂乱,伊洛瓦依斯卡雅只听清其中的一段歌词:

喂,你啊,年轻的后生,

拿起你的利刃,

我们要杀死,杀死那犹太人,

那可悲的子孙。……

里哈烈夫在柜台旁边站着,动情地瞧着那些歌手,微微顿着脚打拍子。他看见伊洛瓦依斯卡雅,就满面笑容,走到她跟前。她也微笑。

"过节好!"他说,"我看见您睡得挺香。"

伊洛瓦依斯卡雅瞧着他,没有说话,仍旧微笑。

经过昨晚的谈话后,他在她的眼里就不再是高身量,宽肩膀,却显得矮小了,犹如一艘极大的轮船在我们听说它漂洋过海以后,就显得小了一样。

"好,现在我该上路了,"她说,"应当穿外衣了。那么请您告诉我,您现在要到哪儿去?"

彩票集

"我？先到克里努希基火车站,坐火车到谢尔吉耶沃,再从谢尔吉耶沃坐马车,走四十俄里,到一个煤矿去,那是一个蠢货,沙希科夫斯基将军的产业。我的弟兄们给我在那儿谋到了总管的职位。……我要去挖煤了。"

"请您容我说一句,我知道这个矿场。沙希科夫斯基就是我的舅舅。可是……您到那儿去干什么?"伊洛瓦依斯卡雅问道,惊讶地瞅着里哈烈夫。

"去做总管。管理矿场。"

"我不明白!"伊洛瓦依斯卡雅耸着肩膀说,"您要到矿上去。可是要知道,那儿是光秃秃的草原,没有人烟,乏味极了,您连一天也待不下去!煤质很差,谁也不买,而且我舅舅是个狂徒,暴君,破了产。……您连薪水都会拿不到!"

"那也没关系,"里哈烈夫不在乎地说,"能到矿上工作,也就该谢天谢地了。"

伊洛瓦依斯卡雅耸着肩膀,激动地在房间里走来走去。

"我不明白,我不明白!"她说,她的手指在她的脸前晃动,"这不行,而且……而且这是胡来。您要明白,这……这比流放都不如,那是一座埋葬活人的坟墓呀!唉,主啊,"她激昂地说着,走到里哈烈夫跟前,在他笑吟吟的脸前晃动手指头,她的上嘴唇发颤,她那尖脸惨白,"喏,您设想一下光秃秃的草原和孤独吧。在那儿,要谈话都找不到人,而您却对女人入了迷!矿场和女人可是两不相干的!"

伊洛瓦依斯卡雅忽然为她的激昂害臊,就转过身离开里哈烈夫,走到窗子跟前。

"不行,不行,您不能到那儿去!"她说着,伸出手指在窗玻璃上很快地划来划去。

她不但凭她的灵魂,甚至也凭她的后背,领会到她身后站着一个无限不幸、走投无路、被大家所抛弃的人;他呢,仿佛没有感到他的不幸,仿佛昨夜哭泣的不是他似的,眼睛瞧着她,温和地微笑。他还不如继续哭泣的好！她激动得在房间里来回走了几次，然后在墙角边站住，沉思不语。里哈烈夫在说话，可是她没听见。她背对着他，从钱包里取出一张二十五卢布的钞票，在手里揉搓很久，回头看一眼里哈烈夫，却涨红脸，把那张钞票塞到他的衣袋里去了。

门外响起了马车夫的说话声。伊洛瓦依斯卡雅一言不发，带着聚精会神的严峻脸色开始穿外衣。里哈烈夫帮她穿，快活地唠叨着，可是他说的每一个字都像重担那样压在她的心上。听不幸的人或者垂危的人说俏皮话，是不会让人高兴的。

等到活人终于变成不定型的包袱，伊洛瓦依斯卡雅就最后看一眼"客房"，沉默地站一会儿，慢腾腾地走出去。里哈烈夫也出去送她。……

外边，上帝才知道是什么缘故，冬季仍然在逞威。软绵绵的大雪片像整团整团的白云，在地面上旋转，无休无止，总也找不到安身之处。马匹、雪橇、树木、拴在木柱上的公牛，都是白的，仿佛生了一身柔软的绒毛。

"好,求上帝保佑您,"里哈烈夫把伊洛瓦依斯卡雅搀上雪橇,喃喃地说,"别记住我的坏处。……"

伊洛瓦依斯卡雅没有开口。等到雪橇开动,绕过大雪堆走去,她却回过头来看一眼里哈烈夫,露出那么一种神情,好像有话要跟他说。那一个就跑到她跟前去,可是她什么话也没说,光是隔着长睫毛看他一眼,睫毛上挂着细小的雪花。……

不知是他那敏感的灵魂果真能够领会这种目光呢,还是他的想象力也许欺骗了他,总之他忽然觉得,只要再说上两三句优美而有力量的话,那个姑娘就会体谅他的失意、苍老、苦难,不假思索地跟着他走去,问也不问一声。他伫立很久,就像在地里生了根一样,瞧着雪橇的滑木留下的痕迹。雪花纷纷落到他的头发、胡子、肩膀上来。……不久,滑木的痕迹消失了,他本人浑身是雪,看上去像是白皑皑的悬崖,可是他的眼睛仍然在雪片的云雾里寻找什么东西。

彩　票

伊凡·德米特利奇是个家道小康的男子,每年靠一千二百卢布的收入养活自己和一家人,对自己的命运很满意。有一天,他吃过晚饭,在长沙发上坐下,开始看报。

"今天我忘记看报了。"他妻子正收拾饭桌,说道,"你看看中彩的单子登出来没有。"

"哦,登出来了。"伊凡·德米特利奇回答说,"不过,莫非你那张彩票没有抵押出去?"

"没有,我星期二还去取过利息呢。"

"什么号码？"

"九千四百九十九组，二十六号。"

"哦。……我来查一查……九四九九，二六。"

伊凡·德米特利奇素来不相信有中彩的运气，换了在别的时候无论如何也不会去看中彩的单子，然而现在闲得没事做，况且报纸就在眼前，他就伸出一根手指头顺着一组组号码划下去。仿佛要嘲弄他缺乏信心似的，从上面下来，刚划到第二行，九四九九这个数字就立刻醒目地扑进他的眼帘！他没看一下号数，也没再核对一下，就很快地把报纸放在膝头上，好像有人把凉水泼在他肚子上似的，觉得胸口底下有一股愉快的凉意，痒酥酥，战兢兢，却又舒服得很！

"玛霞，有九千四百九十九！"他闷声闷气地说。

他妻子瞧着他惊讶而害怕的脸色，明白他不是在说笑话。

"九千四百九十九吗？"她问，脸白了，把叠好的桌布放在桌子上。

"是啊,是啊。……真有!"

"那么彩票的号数呢?"

"啊,对了!还有彩票的号数。不过,等一等……等一等!是啊,你看怎么样?反正我们的组号总算是对了!反正,你明白……"

伊凡·德米特利奇瞧着妻子,脸上露出一种欢畅的傻笑,就跟小孩子看见了什么发亮的东西似的。他妻子也微笑了。她也跟他一样愉快,因为他只说出组号,却不急于知道那张走运的彩票的号数。抱着交运的希望,借此使自己心痒,挑逗自己,那是多么甜蜜而又吓人啊!

"我们的组号有了,"伊凡·德米特利奇经过长久的沉默后说,"可见我们大有中彩的可能。这还仅仅是可能,不过毕竟算是有了可能啊!"

"好,现在你看一看号数吧。"

"慢着。反正有的是工夫容我们失望呢。号码是在上边第二行,可见彩金是七万五。这不能算是钱!

简直就是力量,资本!说不定我一看那张单子,果然有二十六号!啊?你听着,我们真要是中了彩,那会怎么样呢?"

夫妇两人笑起来,默默地互相看了很久。交运的可能性,弄得他们迷迷糊糊,他们甚至想不出,也说不出他俩要七万五做什么用,买什么东西,到哪儿去。他们光想着数目字九四九九和七万五,在想象里描画这两个数目字,至于很有可能来临的幸福究竟是怎么回事,不知怎的,他们却没有去想。

伊凡·德米特利奇手里拿着报纸,从这个墙角到那个墙角,来回走了好几次,直到他从最初的印象里清醒过来,才动脑子稍稍幻想一下。

"假定我们中了彩,那会怎么样呢?"他说,"要知道,这就要过新的生活,简直是天翻地覆啊!彩票是你的,如果这是我的,那么当然,我先就要花两万五,买下一份类似庄园的不动产,再拿一万供当前的开销:买新家具啦……旅行啦,还债啦,等等。余下的四万就放在银行里生利息。……"

"对,买个庄园倒挺好。"他妻子说,坐下来,把两只手放在膝头上。

"在图拉省或者奥廖尔省一个什么地方买下一座庄园。……第一,这样就不再需要另买消夏别墅;第二,它总归会有收入。"

在他的幻想里,涌现出许多画面,一个比一个可爱,一个比一个饶有诗意。在所有这些画面里,他看见自己吃得饱饱的,心平气和,身体健康,觉得温暖,甚至很热!比方说,他喝饱了凉得像冰一样的杂拌汤,在小河旁边或者花园里椴树下发烫的沙土上仰面朝天躺下来。……天很热。……他的小儿子和女儿在他身旁爬来爬去,挖掘沙土,或者在草丛里捉瓢虫。他舒舒服服地打盹儿,什么也不想,全身感到,今天也好,明天也好,后天也好,他都用不着上班办公。他躺得腻烦了,就到刈草场上去,或者到树林里去采蘑菇,再不然就去看乡下人撒网打鱼。等到太阳西下,他就拿着被单和肥皂慢腾腾地走到浴室，在那儿不慌不忙地脱掉衣服，用手心久久地摩挲他那赤裸的胸脯，跳进河里。在水里，在混浊的肥皂水附近，有些小鱼游来游去，绿色的水草摇摇摆摆。洗完澡后，就喝加鲜奶油的茶，吃奶油面包。……到了傍晚呢，不妨出外散步，或者跟邻居们打文特①。

"对了，买个庄园倒不错。"他妻子说，她也在幻想，从她的脸色可以看出，她给自己的想法迷住了。

伊凡·德米特利奇接着想象多雨的秋天、秋天阴冷的傍晚、初秋的晴和天气。在那种季节，他索性到花园、菜园、河边去多散散步，畅快地挨一挨冻，然后喝一大杯白酒，吃一个腌黄蘑菇或者一根用莳萝油泡的黄瓜，再喝上一杯白酒。孩子们从菜园里跑出来，带来有新鲜泥土气息的胡萝卜和大萝卜。……然后他就在长沙发上躺下，从容不迫地翻看画报，随后拿画报盖上

---

① 一种纸牌戏。

脸,解开坎肩上的纽扣,打个盹儿。……

过了晴和的初秋就来了阴雨连绵的时令。昼夜连连下雨,光秃的树木呜呜地哭泣,风潮湿而阴冷。狗啦,马啦,鸡啦,都水淋淋的,垂头丧气,心惊胆战。这时候没有地方可以散步了,也无法走出屋外,只好成天价从这个墙角走到那个墙角,愁苦地瞧着阴暗的窗子。气闷啊!

伊凡·德米特利奇站住,瞧着他的妻子。

"我,你知道,玛霞,想出国去旅行。"他说。

他开始考虑,深秋时节出国旅行一趟倒也不错,例如到法国南方,到意大利……到印度去!

"我也得出国去旅行。"他妻子说,"好,你看一看号数吧!"

"慢着!等一等。……"

他在房间里走来走去,继续思索。他不由得暗想:要是他妻子真的出国旅行,那会怎么样呢?旅行要想愉快,就该单身一个人,或者带上几个性格轻佻、无忧无虑、及时行乐的女人才对,千万不能带这种一路上所想所说总离不开自己的孩子,不住地唉声叹气,哪怕花一个小钱也会害怕和发抖的女人。伊凡·德米特利奇想象他的妻子坐在火车里,带着许多包裹、筐子、小包。她总是为了什么事叹气,抱怨说她一上路就头痛起来,抱怨她的钱已经花掉许多。她不止一次跑到火车站去买开水,买夹肉面包,买汽水。……她不肯到车站的餐室进餐,因为那儿太贵。……

"反正我每花一个小钱,她都会舍不得。"他瞧着妻子,暗想,"彩票是她的,不是我的! 再说,她何必出国呢? 她哪有兴致游逛? 她会守在旅馆里,不准我离开她一步的。……我知道!"

他这才生平第一次注意到他妻子老了,丑了,浑身都是厨房里的气味,他自己却还年轻,健康,朝气蓬勃,哪怕再结一次婚也没有什么不可以的。

"当然,这都是胡思乱想,"他想,"不过……她何必出国呢? 她哪会懂得出国的妙处? 可是,她一定会咬住牙非去不可。……我想得出来。……其实,那不勒斯①也好,克林②也好,在她都一样。她一心要碍我的事罢了。我只好处处听她的。我想得出,她一拿到钱就会照老娘们那样藏起来,加上六道锁。……她一定会藏得让我看不见。她会周济她的亲戚,可是一个小钱也舍不得给我。"

伊凡·德米特利奇就想起她的亲戚。她那些兄弟姊妹和叔叔婶婶,一听她中了彩,准会赶紧跑来,像叫花子那样苦苦哀求她,做出一脸的谄笑,假充正经。这些讨厌而寒酸的家伙!如果给了他们钱,他们就会多要。要是不给呢,他们又会破口大骂,背后说坏话,咒你遭到种种灾难。

伊凡·德米特利奇想起他自己的亲戚和他们的脸,从前他见了倒觉得无所谓,现在却觉得又讨厌又可憎。

---

① 意大利一个美丽的城市。
② 俄国中部一个普通的城市。

"都是些混账!"他想。

他觉得他妻子的面容也讨厌而可憎。他心里对她生出满腔的怨毒。他幸灾乐祸地暗想:

"钱的用法,她一点也不懂,所以她才吝啬。要是她中了彩,她就会只给我一百卢布,把余下的统统锁在箱子里完事。"

他已经不是带着微笑,而是带着憎恨瞧他妻子了。她也在瞧他,也是带着憎恨,带着气愤。她有她自己的灿烂的幻想,有她自己的计划,有她自己的考虑。她清楚地知道她丈夫在幻想什么。她知道谁会头一个伸出爪子来夺她的彩金。

"拿别人的钱幻想着干这干那,怪不错的呢!"她的眼光仿佛在说,"不行,这笔钱不准你碰!"

她丈夫明白她的眼光。憎恨在他的胸中翻腾不已。他要气一气他的妻子,就故意跟她捣乱,很快地看一眼报纸第四版,得意地叫道:

"九千四百九十九组,四十六号! 不是二十六号!"

两个人的希望和憎恨顿时消散。伊凡·德米特利奇和他妻子立刻觉得他们的房间黑了,小了,矮了,觉得他们刚吃过的晚饭不受用,觉得胸口底下发胀,觉得傍晚漫长而乏味了。……

"鬼才知道是怎么回事,"伊凡·德米特利奇说,发起脾气来,"不论走到哪儿,脚底下总是踩着纸片、面包渣、果子壳。这些房间从来也不打扫干净!逼得人只好一走了事,见鬼。我现在就走,碰上白杨树索性上吊算了。"

黑　　暗

一个年轻小伙子,生着淡黄的头发和突出的颧骨,身穿破皮袄,脚上一双又大又黑的毡靴,等到地方自治局医生看完门诊,从医院里走出来,回到住处去,他就胆怯地走到医生跟前。

"有一件事要麻烦你老人家。"他说。

"你有什么事?"

小伙子把手心放到鼻子上,从下往上地揉搓着,抬起眼睛看一阵天空,然后回答说:

"有一件事要麻烦你老人家。……我哥哥瓦斯卡,瓦尔瓦利诺村的铁匠,就在你这儿的囚犯病房里,老爷。……"

"是的,那又怎么样?"

"我呢,就是瓦斯卡的弟弟。……我爸爸生了我们哥儿俩,他瓦斯卡和我基利拉。除了我们,还有三个姐妹。瓦斯卡成了亲,有了个小娃娃。……家里人口多,可又没有干活的人。……打铁铺多半有两年没烧火了。我自己在布厂里干活,不会打铁,讲到我爸爸,他哪儿还能干活?漫说干活,就连吃东西都不灵便,汤匙都送不到嘴上去了。"

"你找我到底有什么事?"

"你行行好,把瓦斯卡放出来吧!"

医生吃惊地瞧着基利拉,一句话也没说,管自往前走去。小伙子跑到他前面,扑通一声跪在他面前。

"大夫,好老爷!"他哀求说,眨着眼,又用手心揉鼻子,"求你像上帝那样发慈悲,把瓦斯卡放回家!让我们永生永世为你祷告上帝!老爷,放了他吧!一家人都要活活饿死了!我妈天天哭,瓦斯卡的婆娘也哭……真是要命!我都不愿意再瞧亮晃晃的阳光了!行行好,把他放了吧,好老爷!"

"你究竟是脑子笨呢,还是发了疯?"医生生气地瞧着他,问道,"我怎么能放他?要知道,他是囚犯!"

基利拉哭起来。

"放了他吧!"

"呸,你这怪人!我怎么有权放他?我是狱卒还是怎么的?人家把他带到医院里来,找我治病,我就给他治病,至于释放他,那就跟把你关进监狱一样,我一点权力也没有。傻瓜!"

"可是,他本来就是平白无故坐牢的啊!开审前,他就已经在牢里关了差不多一年,可是现在,请问,为什么还关着他呢?比方说,他杀了人,或者偷了马,那倒不去说他了,可现在是无缘无故,硬这么关着啊。"

"你说的都对,不过这跟我有什么相干呢?"

"他们把个庄稼汉关进监牢,可是自己也不知道为什么要把他关起来。老爷,他原本喝多了酒,糊里糊涂,连我爸爸都挨了他一个耳光,他还醉醺醺地撞在树枝上,把自己的脸也碰伤了。你知道,我们村里有两个小伙子,想要土耳其烟草,就来跟他说,要他夜里跟他们一块儿溜进亚美尼亚人的小铺去弄点烟草。他呢,这个傻瓜,醉醺醺地依了他们。你知道,他们扭开锁,溜进去,撒起酒疯来了。他们见着什么就翻什么,砸碎了玻璃,把面粉也弄撒了。一句话,他们都醉了。好,乡村警察立时跑来……一来二去就把他们押到法院侦讯官那儿。他们整整坐了一年的牢,直到上个星期,星期三那天,他们三个才在城里过堂。一个兵拿着枪立在他们后头……大家宣誓。瓦斯卡比别人罪过都小,可是那些老爷硬说他是领头的。那两个小伙子坐牢了,可是瓦斯卡得做三年苦工。这是为什么?审案子得凭良心啊!"

"不管怎么样,我跟这件事不相干。你去找那些当官的。"

"我已经到当官的那儿去过。我走进法院,想递个呈子上去,他们却连呈子也不收。我到区警察局局长那儿去过,也到侦讯官那儿去过,人人都说:'这不关我的事!'那么这事到底归谁管呢?不过在这儿医院里,数你最大,上头没有人了。老爷,你要怎么办就能怎么办。"

"你这傻子!"医生叹道,"只要陪审员判了他的罪,那就漫说省长,连大臣也没法办,更别说区警察局局长了。你这是白忙一场!"

"那么是谁判他有罪的?"

"那些陪审员先生啊。……"

"他们哪能算是先生?都是我们庄稼汉!有安德烈·古烈夫,有阿辽希卡·胡克。"

"哎,我懒得跟你讲下去了。……"

医生摆一摆手,很快地往自家门口走去。基利拉本想跟着他走,可是看见房门砰的一声关上,就站住了。他在医院的院子里一动不动地站了十来分钟,没戴上帽子,瞧着医生的住宅,然后深深叹一口气,慢慢搔一搔脑袋,往大门口走去。

"可是该去找谁才对呢?"他嘟哝着,走到大路上,"这个说这不关我的事,那个也说这不关我的事。那么这事到底归谁管呢?嗯,对了,你不塞给人家几个钱,那就什么事也办不成。大夫嘴里在说话,可老是瞧着我的手,看我会不会给他一张蓝票子。嗯,老兄,就连省长,我也能想法见到哩。"

他走一步挨一步,毫无必要地不住回头看,懒洋洋地顺着大路走去,显然在踌躇,不知道该到哪儿去才好。……天气不冷,雪在他脚下微微发出嘎吱嘎吱的声音。他前面,不出半俄里远,在一道高冈上,铺展着一个小小的县城,不久以前他哥哥就是在那儿受审的。右边是乌黑的监狱,红房顶,四角立着岗亭。左边是城郊的大树林,如今披着银霜。四下里静悄悄的,只有一个老头,身穿女人的短大衣,头戴大便帽,在前面走着,不住咳嗽,吆喝一头奶牛,他正把它赶到城里去。

"老大爷,你好!"基利拉追上老人,说。

"你好。……"

"你把牛赶到市上去卖吗?"

"不是的,随便走走……"老人懒洋洋地回答说。

"你是城里人?"

他们攀谈起来。基利拉讲起他为什么到医院去,跟医生谈了些什么话。

"大夫不管这些事,这是当然的。"他们两个人走进城的时候,老人对他说,"他虽然也是老爷,可是他学的是用各种方法治病,讲到给你出个真正的好主意或者比方说写个呈子什么的,他就办不到了。干这号事自有专管这号事的官儿。你到调解法官和区警察局局长那儿去过。他们也没法管你的事。"

"那该到哪儿去呢?"

"管你们庄稼人事情的头儿,是乡公所的常任委员,他派到这儿来就是专管这个的。你该去找他。西涅奥科夫老爷。"

"就是住在左洛托沃村的那个老爷吗?"

"嗯,对了,就是左洛托沃村的那个老爷。他是你们的头儿。讲到你们庄稼人的事,就连县警察局局长也没有权力驳回他的主张。"

"老大爷,路可是很远哪!……大概有十五俄里,也许还不止吧。"

"要办事的人就连一百俄里也得走。"

"这话倒不错。……那么要不要递给他一个呈子什么的?"

"你到了那儿就知道了。要是得递呈子,文书会很快给你写好的。常任委员手下有个文书。"

基利拉跟老大爷分手后,在广场上呆站了一会儿,想一想,就从城里往回走。他决定到左洛托沃村去一趟。

大约五天后,医生诊完病人,返回自家住宅去的时候,又在院子里看见基利拉。这回,小伙子不是一个人来的。他带着一个消瘦不堪、脸色十分苍白的老人。

老人不住摇头,像钟摆一样,嘴唇也不住颤动。

"老爷,我又来麻烦你老人家了!"基利拉开口说,"这回我是跟我爸爸一块儿来的,你行行好,把瓦斯卡放了吧! 常任委员连话都不肯跟我说。他光是说:'走开!'"

"老爷!"老人说,喉咙里嘶嘶地响,拧起颤抖的眉毛,"您发发慈悲吧! 我们是穷人,我们没法报答您老人家,不过要是您老人家不嫌弃,基留希卡①或者瓦斯卡可以干活儿报答您。您管自让他们干活儿。"

"我们一定干活儿报答你!"基利拉说着,举起手来,仿佛要起誓似的,"放了他吧! 一家人都要饿死了! 他们哇哇地哭,老爷!"

小伙子很快地对他父亲使了个眼色,拉拉他的衣袖,他俩就像听到一声命令似的一齐在医生面前跪下。医生摆一下手,头也不回,很快地往自家门口走去。

---

① 基利拉的爱称。

民 心 骚 动

摘自某城大事记

人间活像一个火炉。午后的骄阳晒得那么起劲,就连税务员办公室里挂着的列氏寒暑表也张皇失措,水银柱一直升到三十五点八度,然后迟疑不定地停住不动。……市民们大汗淋漓,不亚于跑累的马,听凭脸上的汗自己干掉,懒得去擦了。

在市集的大广场上,那些关紧百叶窗的房屋前面,有两个市民在走动,一个是地方金库司库员波切希兴,一个是诉讼代理人奥普契莫夫(他又是《祖国之子》的老资格记者)。两个人走着,由于炎热而沉默不语。奥普契莫夫见到市集的广场上尘土飞扬,颇不洁净,本想把市政机关批评一番,然而他知道他的同伴秉性和平,思想温和,就没开口。

在广场中央,波切希兴忽然站住,抬起头来瞧着天空。

"您瞧什么,叶甫普尔·谢拉皮奥内奇?"

"椋鸟飞来了。我瞧它们飞到什么地方去。像黑压压的乌云似的!假定我们开枪打它们,随后把它们拾起来……假定……它们停在大司祭的花园里了!"

"根本不对,叶甫普尔·谢拉皮奥内奇。不是停在大司祭家里,而是停在助祭符拉托阿多夫家里。要是从这个地方放枪,一只鸟也打不到。散弹的颗粒小,飞到半路上就没有力量了。再者,您想想吧,何必打死它们呢?这种鸟对浆果有害,这是实在的,不过它们毕竟是动物,是上帝创造的活物啊。比方说,椋鸟会歌唱。……那么,请问,椋鸟歌唱的目的何在?为了赞美上帝。'你们各种活物啊,赞美上帝吧。'啊,不对!看样子,它们是停在大司祭家里了!"

有三个年老的女香客,身后背着行囊,脚上穿着树皮鞋,静悄悄地走过交谈的人身旁。她们用疑问的眼光瞧着波切希兴和奥普契莫夫,看见他们不知什么缘故瞅着大司祭的房屋,就悄悄走开,在离他们不远的地方站住,再看看两个朋友,然后自己也瞧着大司祭的房屋。

"对,您说得对,它们是停在大司祭家里了,"奥普契莫夫继续说,"现在他家的樱桃成熟了,所以它们飞到那儿去啄食。"

大司祭沃斯米司契谢夫本人从他花园的旁门里走出来,同他在一起的还有诵经士叶甫斯契格涅依。大司祭看见人家往他这边瞧,不明白人家瞧什么,就停下来,同诵经士一起也抬起头观看,想弄明白是怎么回事。

"巴伊西神甫多半是去给人家行圣礼,"波切希兴说,"上帝保佑他吧!"

在两个朋友和大司祭之间那一大块空地上,有些刚在河里洗过澡的工人走过去,是商人普罗夫工厂的。这些人看见巴伊西神甫举眼望着高空,又看见那些女香客站在那儿不动,也往上看,就停住脚,也往那边瞧。照这样做的还有一个男孩,他本来领着一个瞎眼的乞丐走路,另外还有个汉子,提着一小桶腐烂的青鱼走来,准备倒在广场上。

"大概是出了什么事吧,"波切希兴说,"莫非是起火了?可是不对,没看见黑烟呀!喂,库兹玛!"他对伫立观望的汉子说,"出了什么事?"

汉子回答了一句什么话,可是波切希兴和奥普契莫夫什么也没听清。在所有的店铺门口,带着睡意的店员们纷纷出现。有几个抹灰工人本来在粉刷商人费尔契库林的粮食店,这时候从梯子上爬下来,同那些工人站在一起。一个消防队员本来在瞭望台上光着脚转圈子,这时候停住,看一会儿,从上边走下来。瞭望台上变得空荡荡。这就显得可疑了。

"真是有什么地方起火了吗?可是您别推我呀!该死的猪!"

"您看见哪儿起了火?哪有什么火灾?诸位先生,你们散开吧!我客气地请求你们!"

"多半是屋子里边起火了!"

"他嘴上说客气地请求,可是他乱推乱搡!您不要抡胳膊!虽然您是长官先生,不过您根本没有权利放任您那两只手!"

"踩痛我的鸡眼了!啊,巴不得叫你咽了气才好!"

"谁咽气了?伙计,有人咽气了!"

"干什么聚着这么一群人?这究竟有什么必要?"

"有人咽气了,官长!"

"在哪儿?你们散开!诸位先生,我客气地请求你们!我客气地请求你,笨蛋!"

"你要推就去推乡巴佬,上流人可不准你碰!你别碰我!"

"难道这些人也算是人?难道他们这些魔鬼也懂得好话?西多罗夫,你跑一趟,去把阿基木·丹尼雷奇找来!快去!诸位先生,你们不会有好下场!阿基木·丹尼雷奇一来,你们就要倒霉!巴尔芬,你也在这儿?!你还是个瞎子,而且那么大的年纪!他什么也看不见,却跟着人家跑到这儿来凑热闹,不听管束!斯米尔诺夫,把巴尔芬的名字记下来!"

"是!请问,普罗夫工厂的那些工人也记下吗?喏,那个肥脸蛋的家伙就是普罗夫的人!"

"普罗夫工厂的暂时不用记。……明天普罗夫过生日!"

那群椋鸟飞上大司祭花园的天空,像是一团乌云,可是波切希兴和奥普契莫夫已经顾不上看它们。他们站在那儿,一直往上看,极力要弄明白这样一群人聚在这儿干什么,往哪儿看。阿基木·丹尼雷奇来了。他嘴里嚼着东西,擦着嘴唇,哇哇地嚷,冲进人群里。

彩 票 集

"消防队员们,准备好!你们散开!奥普契莫夫先生,您走开,要不然您就会遭殃!您与其在报纸上写出各式各样的文章批评正派人,还不如自己多守点规矩的好!报纸不会教人做好事!"

"我请求您不要提到报刊!"奥普契莫夫发脾气说,"我是文人,我不允许您提到报刊,虽说我按照公民的责任,是尊重您,把您看作父亲和恩人的!"

"消防队员们,拿水浇他们!"

"没有水,官长!"

"少说废话!坐着马车去取水来!快去!"

"没有马车可坐,官长。少校坐着消防队的马车送他姑母去了!"

"你们散开!你往后退,见你的鬼!……你要自讨苦吃吗?把他记下来,魔鬼!……"

"铅笔丢了,官长。……"

人群越聚越大。……要不是格烈希金的小饭铺里有人想起试一试前几天从莫斯科寄来的新风琴,那么上帝才知道这群人会增长到什么规模。这群人一听见奏起《射击手》这支曲子,就叫一声啊呀,纷纷往小饭铺里涌去。因此,这群人什么缘故聚集在一起,谁也没弄明白,至于那些椋鸟,这次事故真正的罪魁祸首,奥普契莫夫和波切希兴却已经忘了。过了一个钟头,全城已经太平而安静,所能看到的只有一个人,也就是在瞭望台上走来走去的消防队员。……

当天傍晚,阿基木·丹尼雷奇在费尔契库林的食品杂货店里坐着,喝那搀白兰地酒的柠檬汽水①,写道:"大人,除正式呈文外,本人略抒己见,作为补充。父亲和恩人啊!多亏您贤惠的夫人住在本城附近一个有益于身心的别墅里虔诚祈祷,本案才没发展到不可收拾的地步!今天我遭到种种艰难困苦,实非笔墨所能形容。克鲁宪斯基和消防队少校波尔土彼耶夫亲临现场,指挥若定,其才干颇难找到适当的词句加以描述

---

① 原文为法语。

也。我国有如此称职的公仆,本人引以为荣!我虽尽力而为,无奈我是软弱的人,一心为人谋幸福,此外别无所求。目前本人坐在温暖家庭之中,眼内含着泪水,一心感谢上苍未使本案酿成流血惨剧。至于犯罪人等,因罪证不足,暂时在押,不过我打算过一星期就予以释放。他们愚昧无知,故触犯神诫[①]也!"

---

① 指《圣经》所载神的"十诫"。按此处应说"法律"。

谜一般的性格

头等车厢的单间包房。

一个俊俏的小女人在蒙着深红色丝绒的长沙发上半躺半坐着。她手里使劲攥紧一把贵重的毛边扇子,扇得沙沙地响。她那夹鼻眼镜不时从好看的小鼻子上掉下来。她的胸针在胸口起伏不定,犹如波涛中的帆船。她心情激动。……她对面的小沙发上,坐着一个省政府的特任官。他是新进的青年作家,在本省报纸上发表些取材于上流社会生活而又篇幅不大的小说,或者,按他自己的说法,就是"中篇小说"①。……他瞧着她的脸,带着行家的神情仔细端详她。他在观察、研究、揣摸这个离奇的和谜样的性格,他在领会它,了解它。……她的灵魂、她的全部心理,他已经了若指掌。

"啊,我了解您!"特任官说,吻一下她手上靠近镯子的地方。"您那敏锐善感的灵魂,正在迷宫里寻找出路。……是的! 这场斗争又可怕又艰巨,不过……您别灰心! 您会成为胜利者的! 是的!"

"您描写我吧,沃尔杰玛尔!"小女人说,忧郁地微笑,"我的生活那么丰富,那么错综复杂,那么五光十色。……不过主要的是我身世不幸! 我是陀思妥耶夫斯基笔下那种受苦受难的女人。……您把我的灵魂写出来,让全世界看一看,沃尔杰玛尔,让大家都来看一看这个可怜的灵魂吧! 您是心理学家。我们在这个包房里坐着谈话还没满一个钟头,您就已经完全理解我,

---

① 原文为意大利语。

完全理解我了!"

"您讲吧!我求求您,您讲吧!"

"您听着。我生在穷苦的文官家庭里。我父亲是个善良的人,头脑聪明,不过……时代和环境的风气啊……您明白①,我也不怪我那可怜的父亲。他喝酒,打牌……受贿。……还有我的母亲。……可是说这些有什么用呢!无非是贫穷,为一小块面包而挣扎,自己觉得自己渺不足道。……唉,您不要逼着我去回忆!总之,我得为自己打开一条路。……可是我只受过贵族女子中学那种不健全的教育,读过愚蠢的长篇小说,犯过青年人常犯的错误,有过胆怯的初恋。……同环境斗争吗?可怕呀!还有彷徨!那些使得我对生活和对自己都失去信心的痛苦!……唉!您是作家,您了解我们女人。您明白这些。……不幸的是我的性格开阔。……我期望幸福,而且是什么样的幸福!我渴望

---

① 原文为法语。

做自由人!对了!做自由人,我认为就是我的幸福!"

"美妙的性格!"作家喃喃地说,吻她手上靠近镯子的地方。"我吻的不是您,好女人,而是人类的痛苦!您记得拉斯科尔尼科夫①吗?他就是这样吻的。"

"啊,沃尔杰玛尔!我要赫赫的声名……要轰轰烈烈,要荣华富贵,就像每个(何必假装谦虚呢?)不平凡的性格那样。我渴望一种不平凡的……不是女人所想望的东西!可是后来……后来……我在生活道路上碰到一个阔绰的老将军。……您要了解我,沃尔杰玛尔!要知道这是自我牺牲,这是放弃个人利益,您要了解我!我不能不那样做。我总算使得家里人富裕了,我能出外旅行,干点善事了。……可是我多么痛苦,我觉得将军的拥抱多么难受,多么卑贱庸俗啊。不过呢,也应该替他说句公道话,他当初是勇敢地作过战的。那种日子……那种日子可真难熬!可是有一种想法攫

---

① 俄国作家陀思妥耶夫斯基的长篇小说《罪与罚》中的男主人公。

住了我的心：反正老头子不是今天就是明天总要死掉，那我就可以要怎么生活就怎么生活，把我自己献给我所爱的人，那就幸福了。……而且那样的人我是有的，沃尔杰玛尔！上帝看得见，确实有！"

小女人用力摇扇子。她脸上现出要哭的神情。

"后来老头子死了。……他给我留下一点财产，我自由得像鸟一样。现在我总算可以幸福地生活了。……不是这样吗，沃尔杰玛尔？幸福来敲我的窗子。只要推开窗子就可以把它放进来了，可是……不！沃尔杰玛尔，您听我说，我求求您！现在我总算可以把我自己献给我所爱的人，做他的伴侣和助手，为他的理想奋斗，生活幸福……可以有个归宿了。……可是在这个世界上，一切事情是多么庸俗、恶劣、愚蠢！一切事情是多么卑鄙，沃尔杰玛尔！我真是不幸，不幸，不幸呀！我的道路上又出现一个障碍！我又感到我的幸福遥远，遥远了！唉，我多么痛苦，要是您知道就好了！多么痛苦啊！"

"不过到底是什么东西呢？什么东西拦住您的去路呢？我求求您,您说出来！到底是什么东西呢？"

"又是一个阔绰的老头子。……"

那把断裂的扇子盖住她俊俏的小脸。作家伸出拳头支住他那苦苦思索的脑袋,不住叹气,带着精通心理学的行家气派开始沉思。这时候火车头鸣响汽笛,嘘嘘地放气,车窗上的帘子给西下的夕阳照红了。……

迷 路 人

这是别墅区,笼罩在漆黑的夜色里。村子里的钟楼上敲响了一点钟。有两个律师,柯齐亚甫金和拉耶夫,从树林里走出来,往别墅走去,两个人的心情都异常畅快,身子微微摇晃。

"好,荣耀归于造物主,我们总算走到了……"柯齐亚甫金说,喘了口气,"在我们这种带点酒意的情况下,从小车站出来,居然步行了五俄里,真是了不起的大事。我累坏了!好像故意捣乱似的,出租马车连一辆都没有。……"

彩 票 集

"好朋友,彼嘉……我支持不住了!如果再过五分钟我还不能上床睡觉,我觉得我就会死掉。……"

"上床睡觉?得了吧,老兄,那可不成!我们先要吃顿晚饭,喝点红葡萄酒,然后才能上床睡觉。我和薇罗琪卡不会让你睡的。……我的老兄,结了婚,家里有个妻子可真是好事!这一点你不懂,冷酷无情的灵魂!待一会儿我回到家里,身子劳乏,筋疲力尽……我那满腔热爱的妻子就会迎接我,招呼我喝茶,张罗我吃饭,为了报答我的辛劳,报答我的爱情而用她那对好看的黑眼睛瞧着我,那么温存,那么亲热,于是,我的老兄,什么劳累啦,撬锁盗窃案啦,高等法院啦,上诉部门啦,我就统统丢在脑后了。……好得很!"

"可是……我这两条腿好像要断了。……连走都走不动。……我嘴里也渴得很。……"

"好,我们现在就到家了。"

两个朋友走到一座别墅跟前,在靠边的窗子前面站住。

"这个小别墅挺好,"柯齐亚甫金说,"明天你就会看见这儿风景多么好!窗子里漆黑。可见薇罗琪卡已经躺下,不愿意再等了。她躺在那儿,大概很难过,因为我直到现在还没回来。……"他用手杖推推窗子,窗子就开了,"她的胆量倒不小,躺在床上不关窗子。"他脱掉斗篷,把它连同皮包一起丢进窗子里,"好热!我们索性唱个小夜曲,逗她笑一下。……"他就唱起来,"月亮在夜晚的天空浮游。……清风微微吹拂……清风轻轻流动。……你唱呀,阿辽沙!薇罗琪卡,要我给你唱个舒伯特①的小夜曲吗?"他唱起来,"我的歌呀……带着祈祷飞翔。……"歌声由于一阵剧烈的咳嗽而中断,"呸!薇罗琪卡,你叫阿克辛尼雅②来给我们把旁门打开!"他停了一下,"薇罗琪卡!别懒,起来吧,亲爱的!"他站在一块石头上,往窗子里看,"薇罗琪卡,我的小亲亲,小薇罗琪卡……小天使,

---

① 舒伯特(1797—1828),奥地利作曲家。
② 女仆的名字。

彩票集

我的再好也没有的妻子,你起来,叫阿克辛尼雅给我们打开旁门!反正你也没有睡着!小亲亲,真的,我们疲倦极了,浑身没有一点力气,根本顾不上开玩笑。要知道我们是从火车站步行到这儿的。你倒是听见没有?哎,见鬼!"他试着往窗子里爬,可是掉下来了,"说不定这样开玩笑,我们的客人会感到不愉快!你,薇罗琪卡,我看,仍旧跟从前那样是个贵族女子中学学生,老是调皮。……"

"说不定薇拉①·斯捷潘诺芙娜睡着了!"拉耶夫说。

"她没睡着!她大概希望我大吵大闹,惊动所有的邻居!我已经开始生气了,薇拉!哎,见鬼!你扶我一把,阿辽沙,我爬进去!你是个坏丫头,女学生,就是这么回事!……你扶我一把!"

拉耶夫呼哧呼哧地喘着气,扶柯齐亚甫金上去。

---

① 上文的薇罗琪卡是薇拉的爱称。

那一个就爬进窗子里,消失在房间的黑暗当中。

"薇罗琪卡!"过一分钟拉耶夫听见了说话声,"你在哪儿啊?魔鬼。……呸,我这只手不知摸着了什么脏东西!呸!"

这时候响起窸窸窣窣的声音、拍翅膀的响声和母鸡的惊叫声。

"这是怎么搞的!"拉耶夫听见了说话声,"薇拉,我们的这些鸡是从哪儿来的?见鬼,这儿的鸡好多呀!这是一篓子火鸡!……它啄了我一口,坏蛋!"

有两只鸡呼啦一声从窗子里飞出来,扯开嗓门嘎嘎地叫,顺着街道飞奔而去。

"阿辽沙,我们走错地方了!"柯齐亚甫金带着哭音说,"这儿都是些鸡。……我大概认错了房子。……滚你们的,在这儿飞来飞去,这些该死的东西!"

"那你快点出来!听明白了吗?我口渴得要死!"

"我马上就出来。……我就要找着我的斗篷和皮包了。……"

"你点一根火柴!"

"火柴在我的斗篷里。……我真倒霉,钻到这儿来了!所有的别墅都一模一样,黑夜里鬼才分得清。哎哟,一只火鸡在我腮帮子上啄了一口!坏蛋。……"

"你快点出来,要不然人家会以为我们偷鸡了!"

"我马上就出来。……那件斗篷怎么也找不着。这儿倒是堆着很多旧衣服,可就是闹不清我的斗篷在哪儿。你把火柴丢给我!"

"我没带火柴!"

"不用说,这局面糟透了!这可怎么办?无论如何也不能丢掉斗篷和皮包,非找到不可。"

"我就不懂怎么会连自己的别墅也认不出来,"拉耶夫生气地说,"这个醉鬼。……要是我早知道会出这样的事,我说什么也不会跟你一块儿来。那我现在就会待在家里,睡得踏踏实实;现在可好,闹得人头昏脑涨。……我累极了,又口渴……我的脑袋晕晕乎乎!"

"我就来,我就来……你死不了。……"

一只大公鸡呱呱地叫着飞过拉耶夫的头顶。拉耶夫深深地叹气,绝望地摇一下手,在石头上坐下。他的灵魂渴得燃烧起来,他的眼皮合在一起,他的头往下耷拉。……过了五分钟,十分钟,最后二十分钟,可是柯齐亚甫金还在跟那些鸡闹个不停。

"彼嘉,你快要完事了吗?"

"马上就完。我那个皮包本来已经找到,可是现在又丢了。"

拉耶夫用拳头支着脑袋,闭上眼睛。鸡的叫声越来越响。这个空别墅的住客们纷纷飞出窗外,拉耶夫觉得它们像猫头鹰似的在他头顶上空的黑暗中盘旋。它们的叫声在他耳朵里成了一片钟声,他满心害怕。

"这个畜生!"他想,"他请我来做客,应许请我喝葡萄酒和酸牛奶,结果我什么也没喝着,反而不得不从火车站步行到这里,听这些鸡叫。……"

拉耶夫愤愤不平,把下巴缩进衣领里,头放在他的皮包上,渐渐定下心来。疲倦占了上风,他开始昏昏睡去。

"皮包找到了!"他听见柯齐亚甫金得意洋洋的喊叫声,"我马上就会找到我的斗篷,然后就完事大吉,我们可以走了!"

可是后来他在睡梦中听见了狗叫声。起初是一只狗叫,后来又一只叫起来,随后第三只也叫了。……狗叫声同鸡叫声混在一起,成了一种古怪的音乐。有个人走到拉耶夫跟前来,问一句什么话。随后他听见有人从他的头顶上方爬进窗子里去,发出了敲打声,嚷叫声。……一个女人,系着红色围裙,站在他身旁,手里拿着提灯,问了一句什么话。

"您没有权利说这种话!"他听见柯齐亚甫金的说话声,"我是律师柯齐亚甫金,法学候补博士。这就是名片!"

"我要您的名片干什么用!"不知什么人用沙哑的男低音说,"您把我的鸡统统赶出去了,您把鸡蛋都踩烂了!您看看您干的好事!不是今天就是明天,那些小火鸡就要钻出蛋壳,您却把它们踩死了。那么,先生,我要您的名片干什么用?"

"您没有权利不让我走!是啊!我不容许!"

"我想喝水……"拉耶夫暗想,极力睁开眼睛,同时觉得窗子里有个什么人从他的头顶上方爬出来。

"我是柯齐亚甫金!我的别墅就在此地,这儿的人全认得我!"

"我们不认识什么柯齐亚甫金!"

"你跟我说什么?去把村长叫来!他认得我!"

"您不用冒火,乡村警察马上就来。……当地所有的别墅住客我们都认识,可是从来也没见过您。"

"我在腐败村的别墅里已经住过五年了!"

"咦!难道这儿是腐败村吗?这儿是瘦弱村,腐败村是在右边,在火柴厂后边。离这儿大约有四俄里远呢。"

"见鬼!原来我走岔了道!"

人的叫声和鸡的叫声,同狗的叫声混杂在一起。在这乱七八糟的杂音中,响起了柯齐亚甫金的声音:

"不许您这么说!我付钱就是!您要明白您是在跟谁打交道!"

最后那些声音总算渐渐停息。拉耶夫感到有人拍他的肩膀了。

报 仇 者

费多尔·费多罗维奇·西加耶夫当场破获他妻子的罪行以后不久,站在希木克斯公司武器商店里,给自己选一管合适的枪支。他脸上现出愤怒、悲痛和坚定不移的果断神情。

"我知道我该怎么办……"他想,"既然家庭基础遭到玷污,荣誉给人丢在泥地里加以践踏,恶势力得胜,那么我,身为公民和正人君子,就应当报仇雪耻。我先打死她和她的情夫,再打死我自己。……"

他还没选好手枪,还没打死人,可是他的想象力已经画出三具血淋淋的尸体、打碎的头盖骨、流出来的脑浆、骚乱、看热闹的人群、验尸。……他带着受到凌辱的人的幸灾乐祸心情想象亲戚和观众的恐惧,想象那个负心女人临死的痛苦,想象他怎样阅读报纸上讨论家庭基础解体的社论。

商店里的店员是个机灵的法国人,鼓起大肚子,穿着白坎肩,在他面前摊出各种手枪,恭敬地赔着笑脸,不住地把鞋跟一碰算是敬礼,嘴里说道:

"我劝您,先生,买这管出色的手枪。这是斯密特-维桑式转轮手枪。这是火器科学的最新成就。三倍射击效力,有退壳器,射六百步远,中央射效。先生,请您注意装潢的漂亮。这是最新型的手枪,先生。……这种枪我们每天总要卖出十来支,供打强盗、恶人、情夫用。射击十分准确有力,射程很远,一枪就能把妻子和情夫一齐打死。讲到自杀,那么,先生,我认为再也没有比这种牌子更好的了。……"

店员扳起扳机,扣下扳机,对枪管吹气,瞄准,做出高兴得透不过气来的样子。谁瞧着他那赞赏的脸色,都会暗想:只要他有一管像斯密特-维桑式转轮手枪这样的好枪,他就会甘愿往自己的额头上开一枪。

"那么多少钱一支?"西加耶夫问。

"四十五卢布,先生。"

"哦!……这在我却嫌太贵了!"

"既是这样,我再给您拿另外一种样式的,价钱便宜点。喏,您看一看。我们这儿的货色很多,各种价钱的都有。……比方说,这支列佛歇牌手枪只要十八卢布,不过……"店员鄙夷地皱起眉头,"……不过,先生,这种样式已经过时了。如今只有穷书生和神经病人才买它。现在大家公认,用列佛歇牌手枪自杀或者打自己的妻子,已经要算是低级趣味的表现。只有用斯密特-维桑式转轮手枪才说得上高级趣味。"

"我不需要自杀,也不需要杀人。"西加耶夫阴沉地撒谎说,"我只是为了住别墅才买的……用来吓唬盗贼罢了。……"

"您买枪做什么用,这不关我们的事。"店员谦虚地低下眼睛,笑吟吟地说,"如果每一次人家买枪,我们都要查明原因,那么,先生,我们这个铺子只好关门了。用列佛歇吓唬贼不顶事,先生,因为它的声音不响,发闷,我劝您买一管普通的带火帽的莫尔悌美尔牌手枪,也就是所谓的决斗枪。……"

"我要不要向他挑战,来一次决斗呢?"西加耶夫的脑子里闪过这个想法,"不过,这未免太抬举他了。……像他那样的畜生,只配像狗那样打死。……"

店员优雅地转动身子,迈着碎步,不住地微笑,唠叨,在他面前摆开一大排枪。其中就数斯密特-维桑式转轮手枪最中看,也最威风。西加耶夫拿起一管这种枪,瞧着它呆呆地出神,沉思不语。他的想象力画出他怎样打碎他们的头盖骨,血怎样像河水似的淌在地毯上和镶木地板上,那个垂死的负心女人的两条腿怎样急剧地抽动着。……然而,对他那怒火中烧的心来说,这还嫌不够。血淋淋的画面、哀号、恐惧,都不能使他解恨。……还得想出一种更可怕的办法来才行。

"应该这样办,我打死他,再打死我自己,"他盘算着,"却让她一个人活着。让她受尽良心的责备和周围的人的轻视而憔悴。这对一个像她那样神经质的女人来说,比死亡还要痛苦得多呢。……"

他就幻想他自己的葬礼:他这个受尽侮辱的人,躺在棺材里,嘴角上带着温和的笑意,她呢,脸色惨白,由于良心责备而痛苦,跟在棺材后面,像尼俄柏①一样,不知道怎样才能躲开愤慨的人群向她投来的咄咄逼人的轻蔑目光。……

"我看得出来,先生,您喜欢斯密特-维桑式转轮手枪。"店员打断他的幻想说,"要是您嫌它贵,那么也

---

① 希腊神话中底比斯王后,夸耀自己有十二个子女,嘲笑阿波罗的母亲只生子女二人。阿波罗大怒,把她的子女全部射死。她因此整天哭泣,变成一块流泪的岩石。

罢,我让您五卢布就是。……不过,我们还有别的样式,便宜点的。"

法国人优雅地回转身,从货架上又取下一打装着手枪的盒子。

"喏,先生,这种卖三十卢布。这不算贵,特别因为行情落得厉害,关税却每个钟头都在上涨,先生。我对上帝起誓,先生,我是保守派,可是连我都要发牢骚了!求上帝发发慈悲吧,他们把行情和关税弄成这个样子,如今只有富人才买得起枪支!穷人只能买图拉的武器和带磷的火柴,可是图拉的武器简直一团糟!你用图拉枪打你妻子,结果反而会打中你自己的肩胛骨哩。……"

西加耶夫忽然难过起来,惋惜自己就要死掉,看不见负心女人的痛苦了。报仇只有在能够看见和感到报仇的后果的时候才大快人心,要是他躺在棺材里,什么知觉也没有,那还有什么意思呢?

"我不如这么办,"他改变主意了,"我先打死他,然后去送葬,冷眼旁观一下,等到葬完,我再打死自己。……不过,在送葬以前,人家会逮捕我,取走我的武器的。……那就这么办:我把他打死,可是叫她留在人间,我呢……我暂时不自杀,让他们把我监禁起来。我反正以后有的是工夫自杀。监禁起来反倒好,因为在预审中,我可以把她的下流行径在当局和社会人士面前统统揭发出来。如果我自杀,她也许就会凭她那种虚伪和无耻的天性把所有的责任都推在我身上,于是众人倒会为她的行为辩护,也许反而要讥笑我了。要是我活着,那……"

过了一分钟,他又暗想:

"对了,如果我自杀,人家也许会认为我有罪,怀疑我器量小。……再说,我何必自杀呢?这是一。第二,自杀无非是怯懦罢了。那就这样办:我把他打死,让她活着,我自己到法院去受审。我受审,她就会出庭做证。……我想象得到,我的辩护人质问她的时候她那种狼狈、可耻的丑相!法院、众人、报界的同情当然都会在我这边。……"

他思忖着,同时店员在他面前陆续摊开各种货品,自认为有吸引顾客的责任。

"这是我们不久以前才收到的英国新式手枪。"他唠叨说,"不过我要预先告诉您,先生,这些样式跟斯密特-维桑式转轮手枪一比就暗淡无光了。您大概在报纸上看到过这样一个消息:前几天有个军官在我们这儿买了一管斯密特-维桑式转轮手枪的。他对他妻子的情夫开一枪,您猜怎么着,子弹穿透这个人,然后打穿一盏铜灯,落在一架钢琴上,又从钢琴上反跳到一条小狮子狗身上,连带伤了他的妻子。这种效果可真是出色,为我们的商号增光不少。这个军官现在监禁起来了。……当然,法院会定他的罪,送他去做苦工!第一,我们的法律还太陈旧;第二,先生,法院总是偏袒情夫。为什么?很简单,先生!法官也好,陪审员也好,检察官也好,辩护人也好,都跟别人的妻子私通,只要俄国少一个丈夫,他们心里就多踏实一分。要是政府把所有的丈夫都送到萨哈林岛①去,众人倒会挺痛快呢。啊,先生,您不知道当代这种世风日下的情形在我心里引起多大的愤慨!如今,爱别人的老婆已经跟吸别人的烟,看别人的书一样,成了风气。我们的生意一年年清淡,这倒不是说情夫越来越少,而是说那些丈夫听天由命,害怕进法院和做苦工了。"

店员往四处看一眼,小声说:

"那么这该怪谁,先生?该怪政府呀!"

"为这么一头蠢猪而流放到萨哈林岛去,也没什么道理。"西加耶夫踌躇地暗想,"要是我去做苦工,倒反而使得我妻子有可能第二次嫁人,去欺骗第二个丈夫。她倒得其所哉了。……那就这样办:我让她活着,我也不自杀,他呢……我也不打死。这得想出一个更合理、更使他们难堪的办法才成。我要用轻蔑来惩罚他们,搞一回离婚案,闹得满城风雨。……"

---

① 即库页岛,旧俄时代苦役犯服刑的地方。

"喏,先生,还有一种新型的枪,"店员从货架上又取下一打枪来,说,"请您注意这种枪机的新奇结构。……"

西加耶夫暗自做出决定后,已经不需要买枪。店员却越来越热心,不住地在他面前摊开新的货色。受了侮辱的丈夫看到店员为他白忙,白热心,白赔笑,白费时间,觉得难为情了。……

"好,既是这样……"他嘟哝说,"我以后再来……或者派人来。"

他没看店员脸上的神情,不过为了多少缓和一下这种尴尬的局面,他觉得有必要买点东西。可是买什么好呢?他看一下商店的四壁,想选一样价钱便宜的东西,后来他的目光停在店门附近挂着的一个绿网子上。

"那……那是什么东西?"他问。

"那是捉鹌鹑的网子。"

"多少钱一个?"

"八卢布,先生。"

"给我包起来吧。……"

受了侮辱的丈夫付过八卢布,拿起网子,走出商店,却觉得自己越发受了侮辱。

识别上方二维码

免费收听契诃夫小说精彩片段